桃溪浅处

林水 著

陕西新华出版
陕西旅游出版社

图书在版编目（CIP）数据

桃溪浅处 / 林水著. — 西安：陕西旅游出版社，2023.9

ISBN 978-7-5418-4511-6

Ⅰ. ①桃… Ⅱ. ①林… Ⅲ. ①散文集－中国－当代②诗集－中国－当代 Ⅳ. ①I217.2

中国国家版本馆CIP数据核字(2023)第169929号

桃溪浅处	林　水著

责任编辑：韩　双
出版发行：陕西旅游出版社
　　　　　（西安市曲江新区登高路1388号　邮编：710061）
电　　话：029-85252285
经　　销：全国新华书店
印　　刷：三河市双升印务有限公司
开　　本：880mm×1230mm　　1/32
印　　张：6.625
字　　数：140千字
版　　次：2023年9月　第1版
印　　次：2023年10月　第1次印刷
书　　号：ISBN 978-7-5418-4511-6
定　　价：58.00元

序

桂香袭人，秋意正浓。漫步于阳子湖畔，看荷叶初残，芦苇萧萧吹晚风，波光里摇曳着夜空和逸夫楼的褶影。然而，脑海里想到的却是千里之外的一个性情中人，一个生活在万年上山文化开创之地，濡染于千年浙东文脉之中，将一腔热情和满腹情思讲作故事的人。

人生如寄，天涯羁旅。每一个真诚而觉解的人，无不格外珍视超越现实生活的精神世界，或曰心灵世界。在这个世界中，亲人情深，师生谊重，灵感随思绪转为诗情画意，或游山，或玩水，足迹所至灵感随之，书写下一篇篇耐人寻味的故事。不论徘徊沉吟，抑或是仰天长啸，莫不倾注真情而饱含邈思。盖犹中庭松直、幽谷兰香，不以处境遭遇而易其品格，且冀知己于将来也。

阅读是自我成长的探索，而优秀作品总能使读者在内心深处遇见自己。正如诗人张若虚兼杂喜悦与惆怅之情道："江畔何人初见月？江月何年初照人？人生代代无穷已，江月年年望相似。"时逾千载，江月如初而物是人非，谁人能不触动超出尘世的遐想呢！

古人说："人之所以异于木石者，情也；情之所以可贵者，相悦以解也。"（《文史通义·知难》）盖文学以情传而知音以情遇也。所以即使一人一事一情一景之小小者，当其于读者会心有感或触发遐思的时候，便胜却世间万千道理。

杨林水先生为方门先进，我屡闻其名，然未曾谋面。当方勇教授之子方达师兄以文稿见示并云征序时，我自忖不善此道，且不宜为长辈作此，未敢应承。盛情难却之下浏览文稿，至所录家书竟不禁落泪。于是再三品读，未尝不别有所思。彼时内心不愿错失与先生对话，只恐言辞拙劣而有类佛头加秽也。

揣松森
壬寅中秋节前二日草于南师
八月既望于家中改定

目 录

第一辑 故乡亲情伴一生

家在万年上山边	2
梦回老家，美丽浦江	6
父亲叫叔，母亲叫姆妈	9
十五岁那年	20
那些苦难抹不去	22
明月家书寄乡思	32
一声叹息——写给杨能汞等台湾老兵	39
台湾女人	46
难忘世志伯伯一家子	53
暗香袭人	58
收获的季节我收获了什么	59
诗路名人与越乡女子	61
你的笑是夏日最美风景	63
冬　眠	64
千年洋坑之花——壬寅年七月十四夜寄流霞	65

第二辑　同窗情谊无限好

文学与人生的启蒙　　　　　　　　　　68

小眼睛老师和绰号同学　　　　　　　　73

忆"康大叔"和朝晖　　　　　　　　　78

高考那两年　　　　　　　　　　　　　81

方勇教授六秩华诞庆典纪实　　　　　　85

你最美丽　　　　　　　　　　　　　　88

悼亡友　　　　　　　　　　　　　　　90

那三年勿相忘

——为温州师院八五中文2班同学会而作　91

老同学　　　　　　　　　　　　　　　93

梦见港大　　　　　　　　　　　　　　94

第三辑　遁入山水成神仙

最珍贵的花	98
武夷山感怀	100
松兰山畅想	102
官岩山游记	104
新疆游记	108
寂寞敦煌盼复兴	118
西藏回响	123
仙霞湖山水之恋	130
浙西情结何时了	138
剡溪旧时光	143
爱上山头	151
一个美丽的传说	152
游九寨有感（二首）	154
梦回大庸	156
儿女自古情长——访浙西深山古宅有感	158
伟大又柔和的力量	160
辛丑仲秋再游举村	162

第四辑　身边故事点滴汇

当记者的那些光辉岁月　　　　　　　　　　164

民生之重重千钧　　　　　　　　　　　　　169

战友，请珍重　　　　　　　　　　　　　　171

小步慢跑四十年的水上安全员

——记嵊州市港航服务中心屠荣福　　　　173

喜看稻菽千重浪

——记嵊州市屠家埠村种粮大户屠福成　　176

芳华献给大交通

——记嵊州市公路与运输管理中心公路张铧　182

"浙东唐诗之路"浮雕铜壁画诞生记　　　　187

工程背后的较量　　　　　　　　　　　　　195

大医秦雄　　　　　　　　　　　　　　　　198

第一辑

故乡亲情伴一生

家在万年上山边

一万年前，人间烟火已经在浙江省浦江盆地上袅袅升起。

浦阳江蜿蜒于盆地中间，哺育两岸生灵千万年。浦江县于公元 195 年建县，初名"丰安"。当年的丰安就已经是一个大粮仓，在这里发现了长江下游地区目前最早的稻作遗存。

浦江县上山考古遗址公园 A 馆展示的这粒"万年稻米"质量很轻，分量却很重。中国工程院院士、杂交水稻之父袁隆平看了它就写下了"万年上山，世界稻源"八个大字。它将人类稻作文化源头推进到距今一万年前，改写了长江中下游地区的文明史，是中华一万年文明史的重要实证。

这粒小小的黑色稻米在一缕灯光的照射下熠熠生辉，虽已炭化，但细纹清晰可见，它穿越了万年时光，与我们相遇。

2000 年于上山遗址发现的上山文化，科学测算距今 11000～8500 年，首次揭示了我国东南地区新石器时代早期一种全新的文化遗存。2022 年 5 月 13 日，上山文化遗址群（4 市 21 处遗址点）开始踏上了申遗之路，包括浦江县在内的 6 个县市在上山文化遗址申遗首次工作例会上签约，标志着申遗工作正式启动。

55 年前，我出生在距离上山遗址西南两公里的下杨村（现改名为"长春村"）。那是一个安静平和的村子，烈日炎炎的夏季,总有浓浓的稻花香萦绕。寒窗苦读,几经逐梦,农家学子终用知识改变命运。大学毕业后,我被分配到衢州化学工业公司龙游黄铁矿职工子弟学校当教师,5年后调至嵊州市工作至今,其间曾多次往返于义乌、永康、仙居。因此,我非常希望自己能成为上山文化遗址群"申遗"的志愿者。

图 1-1 浦江上山遗址展示厅

"万年上山,世界稻源。"上山是浙江乃至全国的金名片,向世人分发出这张金名片,是我应该守好、种好、管好的一方责任田。

1973年发掘的浙江河姆渡遗址发现了约7000年前人类种植水稻的痕迹,动摇了中华文化起源于黄河流域的一元论,证明了长江流域也是中华文化的发祥地之一。

2005年发掘的浙江嵊州小黄山遗址将浙江新石器时代历史前推千年，河姆渡文化、跨湖桥文化找到了源头。

2001年、2016年上山遗址两次发掘出来的炭化稻米、石磨、石棒、陶器等文物，最终证明浦江盆地是世界稻谷种植与长江中下游地区文明的起源。

图1-2 浦江上山遗址公园

万年前的黑色稻米成了传奇"明星"，上山文化因此成了浙江最古老的文化遗存。站在这片古老的土地上，聆听着与万年前无异的风声雨声，我的目光穿越时空，寻找那些远去的记忆。

一万年前，我们的祖先种植稻谷不会像如今那样辛劳吧？

他们只会烧米饭不会种菜烧菜吧？他们是用磨制石器、木棒狩猎的吧？他们穿什么，又住在哪里？

上山遗址展馆对上山村落"挖洞栽柱式"和"沟槽式"两种房屋形制进行了复原，力图证明上山先民已经逐渐脱离了原始洞穴居住的生活方式。人和人集结在一起，形成了最早的村落。上山文化的原始村落遗址被国家文物局考古专家、考古学泰斗严文明题名为"远古中华第一村"。

上山先人日出而作，从低矮的洞穴和木头搭建的棚子里走出，三三两两在旷野开荒种稻，将黄土烧制成红陶，在田野、水边随意唱着歌谣。到了收获稻谷的季节，一群人聚集在一起，将用石器剥壳后的稻米放进陶器里，确保春夏秋冬人人都有一箪食。上山出土的红陶是迄今发现的世界上最早的彩陶，上面刻有太阳纹、短线组合纹、点彩等，体现了对宇宙、天体的关注甚至崇拜，反映了我们祖先最原始的信仰。

一个城市的历史遗迹是它生命的一部分，将来某一天，上山文化遗址群也许会新添第 22 个、第 23 个遗址点，一万年前上山先人的群居生活景象届时可能会进一步展现。

万年上山稻谷源。每次回到故乡，看着天空飘起的淡淡炊烟，我的心底便有浓浓的乡情萦绕。作为世界稻作农业的起源地，上山的"万年稻米"已香飘海内外。

2022 年 9 月

梦回老家，美丽浦江

初夏江南，草长莺飞。

浦阳江畔，生机盎然。

2018年5月底，南宋浦阳桃溪杨氏始迁祖杨焕的第二十八世裔孙、下杨村杨如楼（字伯熊）曾孙淞淇，自台湾来广东两所高等学府访问交流，6月2日傍晚飞抵浦江寻根访祖。另一曾孙书听在美国留学，中途趁归国之际，6月3日傍晚也回老家访祖。

饮水思源，血浓于水。万里千山难阻隔，漂洋过海为圆梦。

浦江的历史与文化底蕴深厚，这里的故事丰富多彩，百转千回。

在万年上山文化的发源地，淞淇与书听流连忘返。

浦江建县1800多年来名人辈出，前有黄庭坚、吴莱、宋濂等文人，后有吴茀之、吴山明等画家，"文化之邦""书画之乡"名不虚传。近40年来，浦江个体经济发展迅猛，被评为"水晶之都""挂锁基地""中国绗缝家纺名城"。浦江与义乌山水相依，同宗同源，日趋一体化。浦江依托义乌全球小商品货源基地和国际化市场，实现了传统产业提档升级的美丽蜕变。

境内的仙华山以"奇、险、旷、幽"称誉江南，山上奇峰灵秀动人，色彩斑斓，缥缈若仙境。相传轩辕黄帝少女元修在此修炼得道升天，历代多有儒、道、释三家名流共处仙峰，结庐修真，是一处观光、朝圣的旅游胜地。

位于浦江、桐庐、建德三地交界处的美女峰于1.5亿年前形成，野马岭常年云雾缥缈，"浦江最高峰"朝天门有着最美山脊线（石扁担），浦阳江畔的官岩山有着典型的丹霞地貌。

浦江县凭借得天独厚的自然风光和生态文明，2017年被评为"全国十佳生态休闲旅游城市"。

祖先居住地山川秀丽，人文景致蔚然壮观，淞淇称赞不已。赴义乌游乐购之后，淞淇拜见可亮、可光、四富、承荣、承华、承根、承生、承水、林水、承兴诸父辈。6月3日晚又与书听、杨斌、晓天、志翔同辈兄弟相聚浦江县城。

图1-3　淞淇（右二）与大陆部分兄弟聚餐后合影

凌宅村四十亩地雄居浦江盆地中央，80年前下杨村儒商杨公如楼灵骨栖息于此。6月4日上午，承生、林水、承兴仨孙，书听、淞淇俩曾孙，于芳草萋萋中祭拜如楼，再赴堂楼店村叩拜如楼妻张月华，又赴南山脚下祭拜如楼仨子能炎、能焕、能昆，祈求祖辈赐福。而如楼长子能茂（淞淇祖父）、三子能汞长眠在台湾万法寺。

汽笛声声鸣响，相见时难别亦难。

6月5日中午，淞淇、书听兄弟俩于杭州萧山机场离开，再见不知何时。

胸怀远大，则舞台更大，天地更广阔。

兄弟手足情伴你闯荡江湖，终身受用不尽。

梦回千年，梦回老家。盛世相遇美丽浦江，是祖先恩泽庇佑，也是彼此修炼所得福分。

2018年6月

父亲叫叔，母亲叫姆妈

幼时生活的大台门古朴庄重。这里既承载着古城厚重的文化内涵，又寄托着耕读传家的朴素情怀。大台门里居住着父亲的众多胞兄堂兄，也许为了避免浦江县浦南一带方言中"爸爸"与"伯伯"同音所带来的称谓混淆，也许父亲的八字与子女"相冲"，我们四兄妹自懂事起便称呼父亲为"叔"。

一声"叔"，翻开了父亲那本厚重而又坎坷的书。

叔出生于1939年夏天，在五兄弟中排行老小。生不逢时的他在抗日战争和解放战争时期就读于湖山高小。新中国成立不久，祖父在经营的杂货铺和几十亩良田被充公后没几年就撒手西去，时年十三岁的叔一下子从独享"贡饼"（当年稀缺的夹心糕点）的富家子弟沦落为到处"讨生活"的穷小子。

叔15岁时，跟随四可四嫂闯荡福建、江西，18岁就凭借自己的三寸不烂之舌和办事干练当上了福建将乐县水南电站建设工地食堂主任。

那个年代男女婚嫁早，叔还是少年时，祖母便有意将八里之外娘家一位侄女领养，叔成年后祖母就让他俩试婚，可叔嫌弃表妹笨拙，把表妹赶回老家了。1962年的某一天，在浦江一家公社集体企业编织竹笠帽的18岁的姆妈（浦南一带称呼母亲的方言），听了二姐（叔的四嫂）一番知心话，在拒绝了一位教师和一位公社干部的求婚后，将芳心许给了家徒四壁、相貌堂堂的22岁的叔。

疲惫一生的叔

20世纪60年代，受"大跃进""三年自然灾害"的影响，国内物资特别匮乏，但叔和姆妈像商量好似的，每两年生育一个孩子，以响应国家"人多力量大"的号召。我前面本来还有一位姐姐、一位哥哥的，可惜他俩都在两岁左右时就被麻疹、天花病毒夺走了生命。那个年月医疗水平比较落后，因病夭折的幼儿相当多。

为了养活四个子女，叔和姆妈几乎每天在生产队田地里赚工分，可生产队人多地少庄稼又常常歉收，分来的口粮少得可怜，不够每天烧一顿白米饭。家里多数时候是靠青菜、萝卜和米汤充饥的，这对于整天干重活亟须能量补充的叔来说无疑是慢性自杀。"文化大革命"第二年出生的我，自懂事起一日三餐就填不饱肚子、冬天暖不了身子。那段吃不饱、穿不暖的日子成了我一辈子的痛。为了多赚点钱保证自己和家人活命，在那个"打击投机倒把、割掉资本主义尾巴"的年代，叔只好深更半夜孤身一人推着独轮木板车在兰溪、浦江、诸暨之间来回偷偷贩卖生姜、甘蔗等紧缺的农产品。

闷热的夏夜，叔推着二百多公斤生姜硬上王市岭。寒冷的冬夜，他推着二百多公斤的甘蔗风一样冲下桐坞岭。饿了吃一口姆妈做的面饼，渴了就喝一口溪涧水。月黑风高的夜晚，推着重车行走在崇山峻岭间，不是热得满身汗水浸湿了土布外套、打滑了脚上草鞋，就是寒风持续从一双破旧的解放牌橡胶鞋灌进单薄的裤管，让早已肿痛的牙床颤抖不已。一个漆黑的午夜，在桐坞岭下坡拐弯途中，车轮在砂石路上打滑后失去控制，叔连人带货从高处跌落山沟。为了避免天亮后被公安人员发现，叔只好忍着手脚疼痛，狠心丢弃甘蔗，勉强起来后一瘸一拐地推着空车回家。

叔贩卖甘蔗、生姜的时候，我刚好背着书包上小学。每当看见叔古铜色的脸上洋溢着发自内心的笑，一手握着一根香烟，一手捧着一大包糕点，脚步轻快地走进家的时候，我就开心地叮嘱姆妈多烧两个菜，多蒸点米饭。叔也会像老爷一样躺在竹躺椅上吞云吐雾好好享受一番。也有让人郁闷忧伤的时候，那就是叔因为贩卖农产品被公安人员逮着，关了好几次，每次被放出来时他都黑着脸一言不发，看着他满身疲惫，迈着沉重的脚步，我的心马上会咯噔一下，生怕自己做错什么事被这头失败而痛苦的"狮子"猛然抽打。

改革开放分田到户前的无数个黑夜里，叔就是仅凭双脚和独轮车踏遍兰溪、浦江、诸暨三县的"夜行侠"，是私下将兰溪农副产品倒卖给诸暨牌头、安华一带供销社的唯一商人。他穿破了几十双草鞋、布鞋和解放鞋。盛夏中午，叔还要穿着破旧的衣服和鞋子，背上喷雾器到生产队的稻田里喷农药赚工分。因为没有口罩保护，甲胺磷等剧毒农药在杀死害虫的同时，也被他吸进肺里，在不知不觉中偷走了他的健康。

1978年到1980年，改革开放的春风吹遍神州大地，叔可以放开手脚施展才华的平台也开始多了起来。他从下杨大队第四生产队一名会计升迁为潘宅公社编外干部，主要从事人口普查、农业普查和计生督查等工作。

　　1983年初夏，在公社、区公所一把手一致推荐叔农转干的关键时刻，肚子疼了好些日子的叔被医生确诊为贲门癌晚期。虽然当年冬天叔就赴金华人民医院做了肿瘤切除手术，但正如主刀医生所说，术后生命仅仅维持了半年左右。

　　叔的身体是过度劳累而垮掉的，既因六口之家，也因生产队和公社集体事业。在那长达20多年的饥荒时代，独轮车是叔使用最频繁的工具，农忙时拉着它驮运农资、秧苗，或者刚收割的稻谷；农闲时拉着它到浦阳江畔运砂石。还有那些数不清的夜晚贩卖农产品，寒冷的冬天拉着它去上山运柴。叔曾带领生产队壮汉参加全县金坑岭、通济桥水库建设，每人一辆手推车加一副挑土的箩筐，在工地上一干就是两个多月。每当生产队粮食晒干后，叔第一时间拉着手推车向国家缴纳公粮。在一寸一寸地垒高集体事业的奋斗中，在一年一年与家庭贫穷决斗的折磨中，叔的健康一次又一次被透支。

　　在江湖，叔是一位重情义的勇者，偶尔会采取过激行为。他曾在结拜兄长世志的婚礼被人搅局时挺身而出，震慑住了当地恶势力；他曾连续多年向三十里之外只身抚养仨子女的原福建工地女同事（军属）伸出援助之手；为解决外甥娶媳妇难题，他曾带着外甥辗转千里赴苏北相亲；老实巴交的二伯父、四伯父分别被同村、邻村恶霸欺负后,叔第一时间上门成功讨回了说法。

上　学

年少不更事的我对叔又恨又爱,既崇敬他在社会上的高大形象,也害怕他的孔武有力。他在逼迫我走上"唯有读书高"这条人生道路中,对我"软硬兼施",硬的是用藤条威逼,软的是用"穿皮鞋还是穿草鞋"理念给我洗脑。

1973年9月1日,秋雨和着下杨村祠堂的琅琅书声,敞开式的教室没有门窗。叔带着六周岁出头的我,急切地要求老师给我安排一个座位,遭到拒绝后,他的脸上写满了失望,在淅淅沥沥的雨中一言不发地带我从村东走回村北的家里。

叔在家多数时候沉默寡言,跟他闯江湖时的能说会道、阳光开朗形成鲜明反差,也许是六口之家的生活重担常常压得他喘不过气来。

从我背着书包上小学开始,逼我跳出农村去城里过上优雅生活,是他念念不忘、揪住不放的一件大事,他把基因改良、光宗耀祖的使命全寄托在我身上了。

1974年9月1日,秋阳暖烘烘的,姆妈帮我挎上了一个帆布书包,看着我蹦蹦跳跳去上学。在我小学五年、中学五年和大专三年的学习生涯中,如何筹集学费是姆妈最操心的一件大事。

1982年国家实行家庭联产承包责任制之前,生产队分来的口粮总是不够吃，平时也鲜有鱼、肉，冬季腌制的咸菜和春天晒的菜干是主菜；自家母鸡产下的鸡蛋舍不得吃，多数卖了换日用品；六口人的穿着都是用自家产的土布缝制的衣服。

为了省钱攒学费，姆妈看到叔买烟回家就骂，洗衣服时发现他口袋里有钱就没收。在我开学前一天，姆妈总能变戏法似的一下子递给叔一把皱巴巴的纸币，并提醒他第二天早点带我去学校报名。

读小学四年级那年秋天，我特别想跟父母走十五里路去山上砍柴，去看看山里的世界。大概是叔为了让我不落下一节课，便与姆妈商量好不让我上山。那天上午，我在家里泥沙地面上打了半天滚，第二天早晨，天刚蒙蒙亮，叔和姆妈终于带我上山砍柴。

下午，太阳开始西斜，叔扎好两捆小小的柴火，中间插上小扁担，给我。十一岁的我一路摇摇晃晃地走在前面，叔挑着两大捆柴火跟在我身后，他也故意放慢原本风一样的脚步，那十里山路应该是他一生走过最慢的一段路。

到家一称，哇，也有三十斤重。脸上扬起笑意的叔看了看我那磨破皮的肩膀，然后叹了口气，我下山哆嗦、紧咬牙关、脸蛋通红的表现似乎更坚定了他让长子穿皮鞋不穿草鞋的决心，之后叔再也没带我上过山。

对叔的承诺

叔只问成绩与奖状，不希望我帮他分担农事。来我家做客的亲友、邻居，对客厅兼餐厅泥墙上贴满的那些奖状啧啧称赞或者竖起大拇指时，那是叔最为得意的时刻。

放弃到属地公社初中念书，去十五里外的中山中学念初中、高中是叔托人给我搞定的。初中就住校的我，竟然把自己改造成了墨水沾满课本与衣袖，深得老师和同学夸奖的书呆子。那时我不是在教室上课、做作业，就是在图书馆看课外书，课间跟同学嬉笑怒骂、玩耍几下，都感觉那是一种奢侈的享受。每周用仅有的几角钱买点青菜、萝卜改善一下被咸菜或菜干麻木了的味蕾，竟然把那五年过得有滋有味，成绩也一直名列前茅。

1983年初夏，在部队服役的生哥突然来学校看望我，并给我带来了叔患上绝症的噩耗。从那天开始，之后两年多时间，我一直精神恍惚，站在教室前的报刊栏看报时头脑也是一片混沌，高一第二学期开始成绩一落再落。

我们是1984年最后一届两年制高中毕业生，与县一中第一届三年制高中毕业生一起参加高考，结果可想而知，我所在的文科重点班几乎全军覆没。

1984年7月初，天气特别闷热，叔在病榻前如此安慰我："过几天就要高考了，可以放松一下，侬勿要傀（怕），考得上最好，万一考不上路子也是有的，伢（我）会上心的，帮你找找出路的。走上社会后要记牢，勿要轻易相信别人家。"这是叔第一次和蔼可亲、语重心长地对我说话，也算是他的临终嘱咐吧。

可怜在病榻上勉强支撑到7月底8月初高考放榜那几天的

叔，连续收听了好几个昼夜的广播，还是没有听到他期待了十多年的那个名字。

  我首次高考战败，十年寒窗未能如愿跳过龙门。望子成龙的叔，病情也在加剧，他每日滴水不进，瘦骨嶙峋。叔归天之前的那个下午，堂姐月花善解叔之心思，硬是把木讷的我拉到病榻前表态。在亲人们的抽泣声中，我强忍着泪水表决心："叔，呃呃，伢会再考的，一定考上大学。"看着我几乎咬牙切齿地发誓，叔那干枯的双眼突然亮闪闪，被我感动了好一会儿。

  1985年夏天的再一次大比拼中，我有幸通过了高考这一"独木桥"，大学毕业后一直工作稳定，儿子书听海外留学圆梦，姆妈晚年享受了天伦之乐，月凤、仙凤、承兴仨姊妹各自顺利成家，子孙后代各有前程，相信远在天堂的叔早已眉开眼笑了吧！

闲不住的姆妈

  与叔一样，姆妈也是一位闲不住的人，六口之家的温饱和望子成龙的梦想占据了她的整个世界。我读小学四年级时赶上了改革开放，姆妈心思活络，为了补贴家用，她连续三个夏天，每天披星戴月，拎着两个大竹篮走八里路，去黄宅集市贩卖水果。为了把副业做大，特别是为了给我攒足读书的费用，姆妈开始做纺织和售卖被套被单与汗巾，但她自己的手脚没两个女儿快，因此只要月凤、仙凤在家里闲着，姆妈就逼迫她俩机杼声声到天明。

第一辑　故乡亲情伴一生

图 1-4　礼鱼抱着孙女杨米格

为了将一批又一批土布制品早点卖出去，姆妈与同村女伴一起背着大包小包翻山越岭，去诸暨、临安、桐庐等周边县市售卖土布。爽朗、大方的姆妈总是最早卖完东西，然后笑哈哈

17

地坐着长途客车回家，惹得叫卖水平差的同伴很没面子，不愿再一道外出。后来，姆妈多数时候只身赴外地售卖土布制品。

某个冬天的中午，在翻越诸暨与嵊州交界的雪山时，身上背着一个大包、手上拎着一个小包的姆妈一个趔趄，连人带货滚到了山沟里。艰难爬起来后，伤口疼痛、饥寒交迫的她捡起大包小包，跌跌撞撞地走进附近小山村借宿。姆妈付了借宿钱，清洗伤口后，早早地上床了。次日凌晨时分，东家老婆婆蹑手蹑脚地来到姆妈床头翻衣服，受惊吓的姆妈急中生智，假装刚睡醒，问道："阿婆，几点钟了？"老婆婆便知难而退。天亮离开前，姆妈特地从包里拿出一块汗巾送给东家老爷爷，老婆婆则避而不见。

叔去世一年后，我考上大学，月凤、承兴也赴外地打工，农活、织布、卖布和续建一层楼房的重担全落在了姆妈和仙凤身上，她俩硬是坚持了多年。

姆妈的晚年生活

1988年深秋，姆妈被杭州一家医院确诊患了严重的心肺疾病，医生建议马上动手术安装心脏起搏器，否则只能活几年。考虑到叔走后欠下了一大笔债，姆妈回绝了医生的好意。丧失劳动能力的她只能靠长期服药来缓解病症。20世纪90年代初，身患重病的姆妈开始每天早晚两次坚持为自己的身心健康和子女的平安幸福祷告，也经常捐钱捐物给慈善公益组织去帮助穷困的群众。有了精神寄托之后，从未上过学堂的她居然会唱许多赞美诗了,也认识了成百上千个字,竟然比医生预言的多活了 20 年。

我大学毕业参加工作后平均每年只能回老家两到三次,姆妈偶尔也会多次换乘长途汽车来看望我。每次我回老家或者她来看我时,都是姆妈最开心的时刻,但分别时她那种依依不舍、欲说还休的眼神让我难受、牵挂。

组成自己的小家后,每逢回老家,姆妈总是提前买好鱼肉和家乡土特产,早早地将我要回来的消息与邻居分享,也会时不时走到村口眺望远方。2013 年 6 月底,我那种被姆妈牵挂、期盼和依赖的权利突然被上天剥夺了,但姆妈咧嘴欢笑、手里包着肉馄饨要款待刚回家的长子的那张照片,将一辈子珍藏在我心底。

(2022 年 6 月《交通旅游导报》刊载)

十五岁那年

十五岁，是少男少女情窦初开、情思朦胧的美好年华，应该有山花烂漫、绿草如茵、纸鸢翻飞，应该有小秘密藏在心头，也应有青春梦想在蓝天白云之间飞扬。

我和月凤的十五岁，是潇洒甩头、昂首挺胸走出阴霾，冲向阳光大道的年华。仙凤与承兴的十五岁，却是身心疲惫、最苦最累的岁月。

月凤十五岁那年，两条羊角辫升级为两条麻花辫后更加俊俏，成绩优异的她初中毕业后就放弃了学业，回家务农，成全了我的学业。她白天在生产队日晒雨淋，忍受着水田里蚂蟥的叮咬，晚饭后乖巧地坐在织布机前，唧唧复唧唧到夜深人静，为的是早点让母亲将土布卖钱补贴家用。

月凤十五岁之后的五年，顺风顺水，满身风光。她到金华农场采过春茶、夏茶，进乡镇企业制鞋厂，去贵州卖过旅游鞋，担任图书管理员后成了公社之花。

十五岁那年，我逃避了田间农活继续读书。平日里住校的我，周末回家住一天后，又背着书包，拎着一袋子稻米、干菜返校，那都是下一周的口粮。在学校的我自由徜徉在知识的海洋，过着"书中自有黄金屋，书中自有颜如玉"的生活。

仙凤十五岁那年接了月凤的班当织女，还债和农田耕作全靠她和母亲。稻谷成熟前夕,她夜晚与别人抢着去给田块灌水,白天还要背着喷雾器去除虫害;盛夏双抢之际,她顶着烈日,挥着镰刀收割稻穗,抽打稻谷,还要咬牙像壮汉一样挑着一担又一担的稻谷去晒场;农闲时节,她经常熬夜织布赶产量,织得屁股生疮、手脚酸麻。

承兴十五岁那年春天,背起行囊去江西工地。那一年腊月二十七的漫天雪花,与伤心的泪一起,见证了他这一年的成长。回家过年的他除了双手变得粗糙黝黑,起了老茧,还有说不清道不明的困惑与迷茫,让亲人们心如刀剐。

失去父亲这棵大树的庇护,我们四兄妹以稚嫩的身心挑起了重担,在众多艰难险阻中,一笔一画书写各自与命运抗争的故事。

十五岁之后是止步于破茧成蛹,还是进一步化茧为蝶?羽化的梦想能实现吗?

2019 年 3 月

那些苦难抹不去

1984年盛夏之前,我们一家六口在浦江县下杨村共同生活,四兄妹年纪都是相隔两岁且姐弟交替。1984年盛夏,叔走后家中剩下五人,1986年月凤、仙凤相继出嫁,1993年、1995年我与承兴相继成家后,母亲一直在老家形只影单地生活了二十多年。

每当回忆起六口之家穷困潦倒的那十几年,除深深感慨父母艰难养育我们的同时,那些在苦难中挣扎的呐喊声也总在我们耳边响起。如果父亲没有成为生产队骨干,没有在夜晚"投机倒把"找活路,如果母亲田头劳作输男儿、畏惧跨越崇山峻岭叫卖土布制品,我们四兄妹能否存活下来还是一个大大的问号,至少苦难会更深重。

有着砖木结构的十一间老房子的两层老台门内住着六个大家庭三十五个人,其中五户是同一个太公后裔。每当寒流笼罩浦江盆地,北风从浦阳江北边的田野上呼啸而来,直接从漏缝的北门呼啦呼啦地灌进老台门。台门里的六家人簌簌发抖,最怕打开那一对会发出咯吱咯吱声响的沉重北门。

我小时候饿得慌了,春天就去偷浅埋在田里的甘蔗,夏天晚上就去偷田里种植的花生,秋天就去浦阳江围堰内田畈偷胡萝卜,冬天夜晚躲在村办榨糖厂南侧热乎乎的烟囱窄缝中,等厂内人少了就溜进去偷刚出炉的红糖。初中开始住校后，我这只偷食小"老鼠"在缺衣少食中只好去"啃"书本了，咸菜、菜干是住校期间的主菜。晚自修结束回到寝室，渴了就端起床铺下为次日早晨准备的洗脸水，一喝就是小半盆。

其他姊妹遭遇的苦难也相当多。

月凤花开未逢时

"你就知道说妈好，说我不好，没有我这样那样的牺牲，厚着脸皮帮你讨钱，你买得起房子，兴弟讨得起老婆吗？"

又是一阵啜泣，伴着几声呜咽，车窗外秋风袭来，让我打了几个冷战。

这是月凤三十多年来第四次心酸流泪，第一次是她二十岁时哭晕在父亲的灵柩前，说一定要跟着真正懂她疼她的叔去天堂。第二次是挺着大肚子回娘家的那个夏日，无事可做的她被忙里忙外的母亲骂得泪流满地，擦干眼泪后寻死觅活，差点一尸两命。第三次是2010年前后众多亲戚聚餐时，月凤责怪母亲做错什么事后，被我当面骂得痛哭失声，发誓再也不回娘家。

每次月凤痛哭流涕时，反应迟钝、言行笨拙的我，既没有说声抱歉，也未想到用纸巾为她拭去满脸的泪。

四兄妹在那个食不果腹、衣不蔽体的年代共患难。我是父爱母爱的最大受益者，参加工作后对母亲特别孝顺，也会偶尔责怪月凤对长期患病的母亲照顾不周。

"都是你一直在刺激姐，惹姐生气。姆妈去天堂七年了，

23

你心中把她抬得太高了!"承兴抛出这句话后,我哑口无言。

那个时候月凤受过的委屈多、得到的回报少。为了补贴家用,我们四兄妹每天放学后都要绕着老台门里的两根柱子边走边搓稻草绳,用来卖钱,有时还会挑灯夜战。睡前一统计,每次月凤搓出来的绳子最长,她的手指手心起泡也最多。她在学校读书时也相当努力,考试成绩在班里一直靠前,因为家里穷,她初中毕业后就听父母的话放弃了学业。

图1-5 月凤与女儿张琼芳合影

经常被我抢好吃的、偶尔还被我拳打脚踢的月凤,十四岁前后常穿着她自己纺织出来的布做的一件花格子棉布外套,五官清秀的苹果脸上皮肤细嫩,加上两条小羊角辫子,落落大方,像是母亲十八岁时拍摄的美人照翻版,是全村口碑很好的少女之一。

从十五岁开始,春天去金华农场采茶叶、秋天进乡镇企业、冬天去贵州卖鞋子,到十八岁成为公社图书管理员,月凤快速成长为一位脸蛋白里透红、长发飘飘、青春气息浓厚的大姑娘,迷倒了四邻八乡的好男儿,包括一位在银行工作的杭州知青和同村一位仪表堂堂的退伍军人。可目光毒辣的父亲想帮她找一个经济条件和社会关系更好的优质男,月凤乖巧地听了叔的话,没有自作主张谈恋爱。

快乐总是太匆匆,不幸接踵而至。月凤二十岁时父亲魂归西天,她也丢了公家饭碗,身价一落千丈,负债累累的贫苦家境也让优质男望而却步。

被繁重农活累趴了的母亲急于把月凤嫁出去,托二舅找一户劳力充足的亲家,二舅便把兽医朋友的长子可焕推出来。可焕有三个弟弟,高中毕业的他忠厚老实、吃苦耐劳,正合母亲心意。

青春已经飞扬的月凤,失去唯一信赖、万分敬爱的叔才一年,就输给了包办婚姻,遭受人生第二次打击的月凤成家后多次在梦中哭醒。

仙凤的"自由恋爱"

仙凤、承兴分别读了四年至五年不等的小学，因为成绩一直落后便不想读了，父母鉴于家庭困境也就放弃培养他俩了。

乌溜溜的大眼睛，标致的五官，白嫩的皮肤，仙凤长得俊俏，但性格脾气过于直爽，说话口气重，敢爱敢恨，气质上更像母亲。

仙凤的少女时代大多奉献给了织布机、农田。她加班加点织布一年换来的一辆凤凰牌26寸自行车没骑几天，就给我托运到千里之外的温州。当时她嘴上没说什么，心里肯定舍不得。承兴在建造椒江发电厂码头的施工中右脚重伤骨折，母亲赶去服侍了几天就心疼得吐血而归，仙凤便顶替母亲去照顾兴弟。来自上虞海港工程队的穷小子国良是承兴的工友，虽然没有读过书，但聪明、勤快、能干，讨得了仙凤欢心，交往了才两个月，就被仙凤直接带着回家了。

图1-6　仙凤陪国良和小孙女晓欣游玩

那时农村里尚未流行自由恋爱，仙凤大热天带男友回家的消息一下子在村里炸开了锅，传开了。母亲和隔壁四伯母兼二姨妈珠钗一致反对仙凤远嫁绍兴。国良情急之下，与仙凤一道泪洒现场，甚至以死相逼。苦于没有一件像模像样的衣服，月凤又在外地工作，母亲最终将赴上虞相亲的重任交付给尚在念大学的我。

我随着国良、仙凤晕乎乎地转了两三次长途汽车，坐了大半天车子才到达曹娥江畔的三间砖木结构老房子。一层平房的老房子里住着国良的父母与兄长兄嫂。木讷的我，在事先没有被告知的情况下，迷迷糊糊地被对方好几位长辈牵着鼻子走"程序"，仙凤跟着国良竟然进行了祭拜天地、祖宗之类的订婚、结婚仪式，我也被莫名其妙地塞了一个大红包。感觉不对劲的我，待对方一整套仪式结束就拉着仙凤的手一起回家，可她竟然僵硬着身体不跟我走，像是被国良灌了迷魂汤。也许在老家种田、织布累怕了，家里没人懂她疼她，而此时国良的出现温暖了她的心，仙凤也许宁愿这样被1万元的红包买走后逃得远远的。

我想，如果母亲当初借一件像样的衣裳去相亲的话，肯定不会同意不谙世事的十八岁小女儿逃难似的嫁到三百里之外的称海村。

承兴顽固不化磨难多

承兴年少时似我一样顽固不化、胆大妄为。放养的他如一匹脱缰野马,一直到成家立业。

　　承兴四岁的时候,像猴子一样喜欢爬台门的木头柱子,结果有一天傍晚被挂在柱子上的扁担的铁钩戳中了,吓得家人和邻居将其送到医院抢救,忙了一个晚上,承兴总算摆脱了生命危险。五岁的他有一次在玩弄黄豆时居然将豆子塞进了鼻孔,大人们请了一位村医才帮哇哇大叫不止的他把豆子取了出来。

　　读小学期间,承兴是任课老师最为头疼的小捣蛋。在家时从来没见他安静地做过一次作业,他的小学毕业成绩可想而知,老师、家长都失去了培养他的信心。作为放荡不羁的问题少年,他心情好的时候会帮着家人干一些活,一旦出差错被家人批评后,他就会突然消失一整天,夜深了才溜回家睡觉。

　　1985年夏天的一个夜晚,家人、邻居们在台门西侧小场地正分享着我考上大学的喜悦,一位大叔突然冲过来破口大骂承兴带坏并欺负了他家小儿子运生,又直喊母亲姓名和先父的绰号,大骂我家父母不会管教子女。那时,沾亲带故的邻居都不敢回应,闷热的夏夜变得冰冷。怒火中烧的我,鼓足勇气,十八年来第一次粗声重气地驳斥对方的谩骂,据理力争,对方被我不要命似的反击气势吓得不轻,悄悄地走掉了。

　　承兴在外寻衅滋事,在家时也不太听从母亲的分工安排。承兴十四岁时的一个夏夜,母亲向我诉苦求助,让我好好教训一下老是跟她闹别扭的承兴。参照先父体罚我的办法,那个晚上我要求承兴跪在灶台前向祖宗认错,可脾气犟如牛的他不从。被我狠狠揍了几下后,他哭着反抗了几下,却还是不服理、不认输，他对家规祖训早已产生强大的"免疫能力"。

承兴十五岁时跟着表兄永富去江西工地打工，当年底他在大雪纷飞的日子回到家中，丢下两个行囊时痛哭失声的惨状，是家人心中永远的伤痛，不亚于凤姐的数次辛酸泪。那时他两手擦不完的少年泪，心中肯定有许多说不出口、说不清楚的辛酸与委屈。才大半年时间，他一下子变得粗壮滚圆。去做那种全靠人力搬运建筑材料的工作，狠心的工头才不管你是未成年人，照样每天将成年壮汉的重活粗活派给承兴做。承兴本该是享受家人呵护的年纪，却咬着牙用柔弱的肩膀挑起了一百多斤的砖头，扛起了一百多斤的水泥，不知多少次磨破了手脚，不知多少次感冒发烧却不敢吭一声，不知多少次摔倒后又含泪爬起来继续前行。

少年丧父的不幸竟是如此相似。承兴如父亲一样在兄妹中排行老小，也是在十三岁小学毕业不久就少年丧父，在十五岁时赴外省工地干最累最苦的工作。但承兴在社交能力方面比不上父亲，承受的苦难自然会多些。

月凤成家后，承兴便跟随姐夫可焕在省内沿海造码头，初次打工养成的不认怂的心态和急难险重任务抢着干的习惯还是害了他。在椒江发电厂码头那次危险施工中，同事们躲得远远的，承兴却迎难而上，结果他的右脚被重器击伤后多处骨折，血肉模糊。那一次事故的后遗症特别明显，之后每逢寒冷的冬天，承兴的右脚都会因气血不畅而感到疼痛，他的右脚踝与脚面现在看起来还是畸形的。

图1-7 承兴在柯岩景区抱起三个亲人小孩

承兴成家后随姐夫到浦江县一家大型企业工作,长期从事生产钢球所需材料的前期加工制作,二十年来未出现生产事故。也许江西与椒江工地上泪与血的代价,最终让他学会了如何实干巧干,而不是蛮干。

承兴的爱情与婚姻也是不尽如人意。听说他在玉环一座海岛码头工地工作时,与一位名叫海霞的姑娘有过接触,也曾荡起过情感的浪花,但情商不高的他还是与有情人擦肩而过。

如月凤一样,承兴的婚姻是由母亲一手操办的。担心右脚残疾的小儿子找老婆困难，母亲就匆匆托了两位娘家亲戚当媒人，挑了芳姑娘作为小儿媳。婆媳俩直爽暴烈的性格脾气对撞在一起，结果可想而知。月凤一直对母亲包办自己的婚姻耿耿于怀，承兴则是听天由命、安于现状。我和仙凤的婚姻都是自作主张，未能让母亲如愿。我俩的性格脾气跟母亲的性格脾气相对来说合得来，母亲想长期与我俩住一起，至少离得近些有个依靠，但我俩偏偏去三百里外的绍兴成家了。

体弱多病的母亲晚年最喜欢来绍兴我家和仙凤家，我将二楼的房子换到六楼时没有考虑母亲的身体，最终导致她想来小住却怕爬楼而作罢。承兴、月凤虽然离母亲老家定居点最近，也偶尔过去探望，但遗憾的是相处不够融洽。

我在工作调动、婚姻大事、住所变迁等重大事项决策时未征求母亲意见，引以为憾。

四兄妹芳华虽已谢幕但仍然奋斗在一线，后辈不乏优秀者。年近六秩的月凤在私营服装厂从事生产管理工作，同时兼任村干部，女儿琼芳担任义乌一家大型外贸企业高管，育有俩仔，儿子静远在义乌外贸市场创业并在义乌安了家。仙凤退休前与丈夫国良、独子冯琳长期供职于绍兴龙盛化工集团，现暂居上虞城区协助抚养俩孙女。承兴长期热衷于公益事业和户外运动，独子书灿八年前投身军营，现为优秀士官并荣立三等功。

四兄妹早年遭遇的那些苦难早已过去，但有关苦难的记忆一直抹不去。愿类似的苦难在人间永不再现。

2021年6月

明月家书寄乡思

月是故乡明，家书抵万金。对于 1949 年撤退至台湾的国民党将士来说，思乡的明月与家书，是维系一生的情感纽带。每年中秋节前后，我都会翻阅大伯父杨能茂从台湾寄来的那六十七封信函。那些遒劲有力的字体，密密麻麻地写在淡蓝色、白色等竖格信纸上。每次重读那些字里行间跳跃的喜怒哀乐和饱经沧桑后的真知灼见，我都情不自禁地感慨。能茂不仅是我的亲人长辈，而且是我的人生导师，我俩因书信成了忘年交。

辗转千里的家书

与能茂的通信始于 1988 年，终于 1997 年初。那也是我大学毕业后最为折腾的九年，九年时间换了三家工作单位：初为人师的时候疯狂地想出去看看外国的月亮；在外贸公司担任人事干部的时候尝试做生意却被人骗得晕头转向；在新闻媒体行业当记者、编辑时还想着考研。我青春时奋斗的酸甜苦辣和成家后事业上的跌跌撞撞，能茂都一字一句记在心上并尽力给予我心理疏导。在信中他也会剖析自己刚正不阿、决不与阿谀奉承者同流合污的性格，会对家乡亲人之间的恩怨提出自己的看法，也会对天下大事是非曲直发表论断。

1988 年上半年，海峡两岸尚未通邮，能茂与其姐夫，即我

第一辑　故乡亲情伴一生

的姑父郑三正从台湾屏东县写给家乡的第一封信，不知是托台湾红十字会还是旅行社从香港寄出的。我代表老家亲人的回信也是由香港红十字会或旅行社等中介服务机构转运至台湾的。

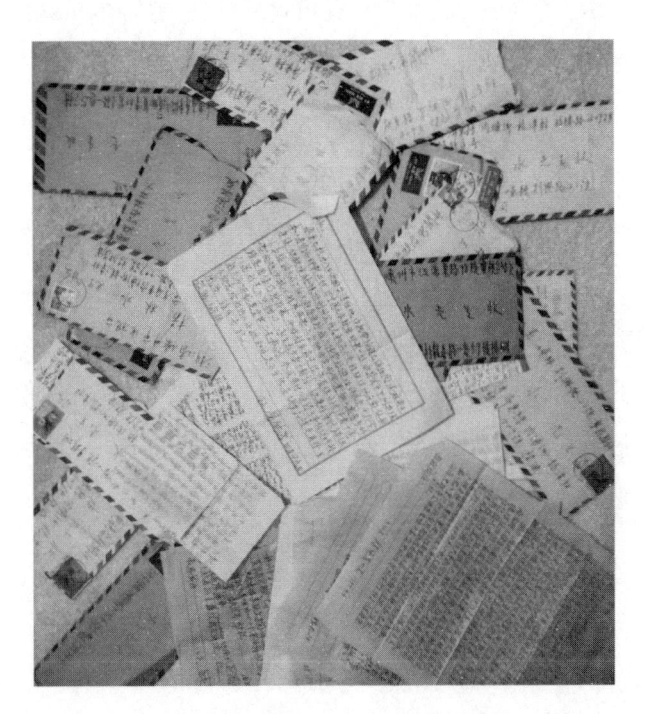

图1-9　能茂寄给作者的信函

贤侄：

　　我收到你寄来的第一封信后读了又读，读了好几天，泪也流了好几次。我带三弟能乘去台湾时爸爸妈妈还健在的，二弟能炎、四弟能焕未成家。想不到三个弟弟各自成立的家庭经历了那么多困难，尤其是小

33

弟能昆，在我印象中你爸是一个聪明机灵的十岁大男孩，想不到竟然被养家糊口累倒而壮年早逝了。作为长子，我回忆一次泪流一次，次次觉得对不起父母，对不住家乡亲人，在你们最困难的时候，我却不知道，也没能帮上忙。

能茂寄来的信是将竖格信纸横过来写的，有意照顾家乡亲人的阅读习惯，每字每句、每个标点都排列整齐且笔墨浓重、力透纸背，落款时会写上如"7月28日夜"的具体时间。可以想象，有多少个明月窗前照的夜晚，一位古稀老人重读家书后澎湃的心潮，直到深夜还是难以平息，一笔一画写完回信，塞进信封，粘上邮票的时候公鸡已经啼叫了好几遍，上床后他还得靠吃安眠药才能入睡。

昔日中校团长为大陆亲人当猪倌

等家书和写家书，成了这位千里之外的宝岛游子每月必做的功课。为了救济大陆亲人和备些回乡探亲的银子，黄埔陆军军官学校第十九期毕业、曾任中校炮军副指挥官（炮兵团长）的能茂，自1988年（退伍第二十一年）起在屏东县内埔乡龙潭村自家私有土地上搭建了一个养猪场，和妻子王荷每天购买饲料养猪，两人空闲时也会外出摆摊卖玉米。

内埔乡一带稀疏瘦长、高耸入云的槟榔树林，挡不住热带季风和阳光的肆虐，养猪和卖玉米要经常暴晒在火辣辣的太阳下，但两人一坚持就是七年。

图 1-10　能茂（前排右二）儿子承文结婚时全家福

1988年下半年允许台湾老兵回大陆探亲后，一大批老兵拎着大包小包，腰包里塞满了一生积蓄，辗转香港，踏上阔别近四十年的故土，热泪盈眶地与家乡亲人一起诉说离别与思念之苦，跪在祖坟前痛哭流涕。

能茂就是在那一年中秋节前夕经香港中转到大陆探亲的第一批台湾老兵，他给大陆三个弟弟家的见面礼为"夏普"牌彩色电视机各一台、半新台湾服装各一袋、美元现金各十七张。在我们连黑白电视机也买不起的那个年代，来自能茂的这三件大礼是轰动七邻八乡的新闻事件。

皎洁的月光倾泻在老台门的天井，厅堂正房一楼仿古花格门窗里的灯光夜深人静时还亮着。少年时代负笈求学，军校毕业后南征北战，到台湾后在三军参谋大学深造，从戎三十多年却被排挤，情非得已退甲还田。民族命运多舛，自己军旅坎坷，刚过上温饱生活的大陆亲人又渴望相助。家乡的明月见证了六十七岁的能茂第一次回乡时的十二个不眠之夜。

那年的中秋有些闷热，最后几天能茂是在郁郁寡欢中度过的。看着他原本棱角分明且饱满的脸庞日渐憔悴，看着他原本挺拔的脊梁日趋弯曲，听着他返程时说的那一句话"大陆这么多年发展太慢了，连田间小路还是老样子"，我也心酸。回大陆过的第一个中秋节对于能茂来说，那种伤感多于与大陆亲人团圆时的喜悦。

贤侄：

最近来往信件都在一个月以上，是否因过年延误？你的来信我都详细阅读，某侄儿来信说要我帮他还债，某某侄儿说要我帮他支付医疗费用，我都没答应，我只给你备了一份留学的学费，人只要有志向有目标，什么时候奋斗都不为迟。

侄儿：

我们一家都安好，孙女祖儿、孙子祖贤（现改名为淞淇）分别上小学、幼稚园了，都很活泼可爱。有一件事特别担心，老家三户人家因为钱多钱少而不解恩怨的话，我寝食不安，唯有夜夜服用安眠药得以勉强休息。托付侄儿努力化解三户家庭的关系，否则我带全家人一起回浦寻根访祖的计划没法实现了。

两岸亲人大团圆心愿未了

1990年的中秋节，三伯父能汞、姑父三正首次来大陆探亲，两位老人和蔼可亲，性格也外向些，不似能茂般忧国忧民。那一年他俩乘兴而来，尽兴而返，终身未娶的能汞后来又单独回乡探亲两次，三正后来也再次单独回乡探望大陆亲人。在大陆已有家室的三正到了屏东县城又娶妻生子，他没办法消除自己名下两家人的隔阂，因此放弃了带领台湾家人来大陆寻根访祖的计划。

1993年至1996年，大陆经济发展驶上快车道。1996年的中秋节月亮特别大、特别圆，能茂带着能汞第二次从香港转机来大陆探亲，此时的他俩已经戴上了助听器，住进了承水哥新装修的楼房，在老家赴宴应接不暇。能茂心情也比上次好多了，席间或茶余饭后与亲友聊天时有了笑颜，可能得益于我坚持给他写信汇报大陆快速发展的讯息，得益于他实地看到故乡的可喜变化，大陆三家亲人也都盖了小楼房，过上了小康生活。

1997年上半年，能茂病重卧床不起，从台湾弟媳妙朱代写的回信中，我才得知他生命垂危，我心急如焚。那一年中秋节前，能茂带着未能携全家来大陆寻根访祖的遗憾作别人间。因当时赴台探亲探病审批手续复杂，大陆亲人未能赴台送行，两岸亲人家书从那以后明显减少。2012年11月能汞仙逝后，漂洋过海的家书也基本上没有了。

图 1-11　能茂（左一）长女美华结婚时全家福

　　能茂走后的第三年，两岸实现"小三通"（福建沿海与金门、马祖地区直接往来），可以直接通邮。能茂走后的第十一年，两岸实现"大三通"（海运直航、空运直航、直接通邮全面启动），惠及两岸民众。2011年至2012年，大陆三家亲人分别派代表飞台湾看望病危的能汞并赴屏东万法寺祭扫能茂灵骨。

　　今夜皓月当空，对台湾亲人的思念又如潮水般汹涌。如我与能茂两代人家书寄相思的故事肯定还有许多，但愿仙逝的大陆、台湾亲人能护佑两岸早日统一，和平安宁。

2021年9月

一声叹息

——写给杨能汞等台湾老兵

2012年11月7日下午,从宁波栎社机场起飞的飞机载着我到了厦门高崎机场。我还没安顿好,又接到了承水电话,说能汞病危,并催我赶快转机去屏东见三伯父最后一面。

台湾堂妹美玉把我从高雄小港机场带到屏东县国仁医院时已是当天晚上八点多。病床上的能汞头发被剃光了,原来黝红发亮的脸庞一片苍白,浮肿的面颊挤压着五官,氧气面罩里传出粗重而又急促的呼吸声。

那一晚,任凭我、台湾大伯母王荷、弟媳妙朱和堂妹美华、美玉怎么叫唤,能汞始终没有睁开眼,唯有闭合的眼皮偶尔跳一下。

连长范儿十足的能汞终身未娶

2011年11月上旬,我和承水参加台湾环岛七日游时,特意向台湾导游请假跑到屏东龙潭村大伯母家(能汞寄住地)住了一个晚上。那天傍晚,能汞坐着台湾堂弟承文的车来高雄接我俩时穿戴非常正式,黑西装、白衬衫、红领带,头发也梳得油光发亮,当年上尉炮兵连长的范儿依稀可见。那顿在屏东城区吃的火锅自助晚餐,从八点多一直吃到十点多,情绪激昂、声音洪亮的能汞总是热情地给我俩夹菜，回家后又与我俩深夜促膝交谈，听力极差的他基本上要借助纸笔交流。临睡前我俩坚决推却能汞给的红包，并解释说大陆经济发展迅猛，东部沿海发达地区快超越台湾了，大陆亲人也可以赚大钱了。虽然离上次回乡探亲已有十来年了，但能汞对大陆亲人贫穷的记忆犹新。

次日天刚蒙蒙亮，能汞就拿着刚出炉的大油条与大肉包来敲门了，他说这么大的东西，大陆是买不到的，去赶车跟团旅游的路上带着吃。能汞疲惫的样子说明他又一次失眠了。

能汞在社交场合注重礼仪、真诚待人，对亲人热情、倾力相助。他平时在屏东乡村节衣缩食，那件灰白的夹克衫穿了好多年舍不得扔，那辆机车（轻型摩托车）骑了十来年也没换，一日三餐与大伯母、承文一家子搭伙。可每逢回大陆探亲，他总是要带上多年积蓄，总是掏钱最快的那个。

图 1-12　能汞带领大陆侄儿参观居室

20世纪80年代末到90年代中期,能汞分别随姐夫三正、大哥能茂一起回乡探亲,21世纪初他最后一次回乡探亲时在老家住了两个多月,除了自己偶尔消费外,他将带来的剩余钱款按照他自己的方式,全部分给大家。

能汞在军队服役时曾患过精神方面的疾病,加上当年台湾男多女少,退伍老兵娶妻相当困难,遂终身未娶。能茂夫妇为了便于照顾能汞,遂将出生不久的小女儿美玉过继给了他。

陪伴能汞度过最后时光

2012年11月8日至16日,我每天早晨从寄宿地龙潭村出发,骑机车去国仁医院陪伴昏迷不醒的能汞,中午就近吃点快餐,然后到傍晚才离开。在龙潭村时,我总是担心医院里要照顾好多重病号的那个护士忙不过来,总怕万一能汞突然清醒过来了,医护人员没有及时采取措施的话,那就太糟糕了。

每天上午见到能汞还是捏一把汗的,他的心跳一直不稳定,多数时间在120至150之间徘徊,每天全靠护士灌输牛奶和水来维持生命。每当呼吸困难时,他的肩膀会突然抽搐,与氧气罩相连的呼吸警报器也经常拉响。医生来检查后,总是让身着粉色工作服的护士来抽痰。

每当抽完痰,能汞的嘴角、鼻孔附近总残留着血渍,眼角的皱纹更明显了,偶尔会有泪光出现,这就是人体痛苦的本能反应。护士擦完血渍走后,我用自己温暖湿润的手掌不断搓磨他那冰凉弯曲的手掌,也不断抚摸他那起伏不平的胸膛,再翻开他紧闭的眼皮，尝试着用餐巾纸一角轻轻擦掉他的眼屎。能汞眼皮重新合拢的一瞬间，我看到了他眼角渗出的一滴"晶莹"！奄奄一息的能汞用尚存的一丁点儿意识回应了千里迢迢来陪伴他的侄儿。

11月8日下午，我为能汞修剪了指甲。经过一点一点地修剪，他手脚的指甲变得整齐、美观了，算是临终化妆吧。

11月10日下午，两位年轻护士来给能汞打吊针，看着她俩艰难地寻找血管，我主动上前搭讪："皮肤没弹性了，位置是难找了唉！"

因为每天多次打吊针、灌输牛奶与水以及抽痰，能汞的手背、脚背、鼻孔和嘴巴四周血渍与淤青越来越多。加上每天戴着大号氧气罩，他的耳根、下唇都被氧气罩皮带捂得溃烂了，看了实在让人揪心。

不忍再看下去的我，躲到走廊去猛抽几口烟。

11月12日临近中午，美玉给我带来了粽子、米糕和菜汤，还买来了两枝一红一黄的鲜花，放在能汞床头柜的塑料瓶中，一下子就给病房里带来了生机和温馨。美玉凑近能汞的耳边，像哄小宝宝一样地安慰自己的养父，声音异常轻柔。

下午三点一刻，护士又来抽痰，我在一边按摩能汞的手，想给他减轻痛苦。在按摩他的左手时，我突然发现能汞的眼睛睁开啦！这是躺在病床上的他第一次也是最后一次睁眼看着我。我哈哈大笑，心情大好，想把好心情传给他，可他除了睁着一大一小的眼睛外，全无表情。我拿起床头柜鲜花给他看，说是美玉送来的，漂亮吧！相信能汞心里一直是温暖的，因为他早已感受到了来自亲人的问候！

11月16日，我陪伴能汞一直到晚上八点多，因为探病假期已满，次日凌晨要飞回大陆。最后一次握着能汞的手，我心里祈祷上苍多给他一些时间，祈祷能汞能听懂我的心事。

握着能汞的手，看着他苍白、浮肿的脸庞，我的眼眶里一直潮乎乎的。

台湾老兵一生凄凉

我回大陆的第三天，妙朱来电说，三伯父能汞走了。

走时没有痛苦的表情，也说不出什么言语，又一位台湾老兵的凄凉一生悄悄翻过去了。

能汞曾是国仁医院重症病房中最安详的一位病人，慈眉善目的他沉睡不醒，没有喜怒哀乐的表情。同病房的其他病人就惨多了。

其中一位蔡姓病人也是台湾老兵，整天在能汞对面床位上呻吟甚至号啕大哭。这位骨瘦如柴、肤如黄蜡的老人整个身体佝偻，十指已无法伸直，双手交错成"十"字形，并总是置于胸口，双脚膝盖处弯曲成直角，全身有许多黑色斑点，看不到一块完整的肌肉，让我老是怀疑他的手脚骨折多年了。面对这样一位双眼紧闭、没有亲友照料的老人，仅看几眼就会让人心里难过，何况他还时不时摇头晃脑，哀叫几声，分不清他是在哭叫还是在咳嗽。也许他总是在梦游，总是在回忆战争的惨痛场面。

缺乏亲友照料的残疾老兵尤其可怜，全靠老兵生活费补助、免费医疗等"荣民"待遇勉强度日。

多数台湾老兵退伍后仅靠"荣民"待遇维持生计，但随着生活成本的逐年提高，日子过得越来越艰难。几十万老兵没有能力娶妻生子，所以都是孤独终老。台湾南部地区好多浙江浦江籍老兵晚年靠卖馒头、油条、稀饭等早点为生，有时也种植、贩卖一些经济作物来赚取生活费。多数老兵一生形单影只，生死由命，最后都像国仁医院蔡姓老人一样痛苦、凄凉离世，令人扼腕叹息。

20世纪80年代末，大多数老兵归乡心切，都有资助大陆贫穷的亲朋好友和叶落归根的强烈愿望，并付诸行动。有的像能汞一样特爱面子，每次回大陆时穿戴与所携带财物都相当风光。但除了极少数幸运者，大部分想回乡定居的老兵都未能如愿。

能茂算是老兵中的佼佼者，依靠较为丰厚的一次性退伍补助金在龙潭村购置了土地，建造了两幢楼房，成功养育了仨子女。但面对回乡探亲和资助大陆亲人的巨额费用，他也不得不放下炮兵团长、社会贤达的身价去当养猪大户，还支持妻子到马路边叫卖玉米棒。能茂尚且如此窘迫，其他低军衔和没有军衔的老兵经济状况可想而知。

台湾的生活没有想象中那么美好，台湾老兵也没有想象中那么有钱，可他们对于祖国、亲人的思念之情超乎我们的想象。终身未娶、一生凄凉的台湾老兵是活得最累的台湾同胞，这一特殊人群是战争的受害者,谁来还他们一个公道?谁给他们一些临终关怀?

  台湾老兵,留给后人的是多年来背着大包小包冲破层层阻碍、回报桑梓之地的光辉形象,还有对于他们无法实现叶落归根夙愿的一声声叹息。

2012.12

台湾女人

　　台湾屏东县南国气息浓郁，榕树、芭蕉树、椰树、槟榔树随处可见，满目苍翠。身材高挑的槟榔树迎风招展，婀娜多姿，它既是当地居民的"财神树"，也是美丽象征。

　　2012年深秋赴台湾探望病危的三伯父时，我每天骑着机车来往于屏东城区与龙潭村时要穿行多个槟榔庄园。那些眼眶潮乎乎、心里痛兮兮的记忆里原本只有冷色调，所幸槟榔与台湾女人温暖了记忆，让我享受到台湾南部无限风光。

　　2011年首次赴台跟团旅游时，我在台东知本温泉镇宾馆山下温泉池里泡过温泉，身心都被温暖包裹起来，感觉像被幸福浸泡，心情愉快、轻松。所以当承文、妙朱次年深秋问我最想去哪里游玩时，屏东四重溪温泉便成了首选。

　　老夫聊发少年狂。在温泉瀑布倾泻而下的最大泳池里，我试着用俯、卧、躺、坐和游的多种姿势亲近温泉，还爬上了喷水小高台……

　　走出大池，走进带有遮阳棚的小池，八位中老年妇女、两位少妇的目光齐刷刷地落在我身上。

　　"你是哪里人？"问话的是一位脸上堆满阳光的体形较胖的妇人。

"浙江省的,你们呢?"

"我们是从高雄过来的,很喜欢大陆客人,你和我们多说说话哦!"

于是我们轻松地聊了起来,欢快笑声在天空中回荡……

高雄女人与生于台南的大伯母王荷一样宽容大度,非常容易相处。

与她们交流沟通后,她们真诚的笑容温暖了我。

天刚蒙蒙亮,大伯母王荷的大嗓门和敲门声就把我吵醒了。已是古稀老人的她非要带我去凉山瀑布游玩。她真有心,还记得几天前我说过想去那儿游玩,怕去迟了天热,大伯母特地早起带我去。顶着阵阵凉风,我骑着机车载着她直奔凉山。

草丰林茂,溪水潺潺,第一层瀑布就是山脚牛角溪支流的源头。沿用废旧轮胎铺就的台阶而上,晨练的人们时不时擦肩而过。"你好!""早"等问候语让我心情大好,凉意顿消。山路险峻处偶有巨石拦路、大树倒伏,应该就是数年前风灾之故。

行至山腰处,便闻瀑声如雷,妇人嬉笑声不绝。有一条小径与第二层瀑布下的水潭相连。那笑声便是在水潭里沐浴的妇人传来的。为避免骚扰她们,我在小径上欣赏另一种风景:两位老汉背负液化气瓶、水壶和炊具等,行至小径末端,双手控制麻绳沿一处悬崖跳跃而下,如此方能抵达水潭。眼前的清瘦老人年近古稀,其动作之利索、身体之矫健,我自叹不如。

图1-14 2019年王荷（左一）与儿孙辈团圆

此时，晨浴完毕的妇人络绎攀麻绳而上，方知皆是老者，其笑声之清脆、面相之清新、身体之灵活，令我大开眼界。

凉山瀑布的水清冽甘甜，在深秋的清晨，我贪婪地喝了几口后还嫌不过瘾，脱光衣裳跳进了绿树环抱的水潭。不一会儿，在阵阵凉意的刺激下，我赶紧走出水潭，再次感叹台湾女人长时间高山晨浴的非凡意志！

继续沿崎岖小路而上，便可见主峰下第三层瀑布。由于是枯水期，瀑布下的开阔河道巨石成堆，绵延数里。几位老妇手捧相机，对着连片巨石拍个不停。从处处可见的木化石来分析，远古时期这里原始森林茂密，也曾经历过冰川的洗礼……

下山后，我发现大伯母王荷在景区入口桥边凉亭处等待已久，天气不冷不热正好，路边鲜花盛开。在绿草地上、在鲜花丛中，我用相机记录下她的笑容。

妙朱、美华、美玉是土生土长的台湾妹子，善良热情、吃苦耐劳的她们大学毕业后都没有留在都市工作，而是选择在乡村自主创业。

性格随和、举止端庄的妙朱在高雄长大，毕业于永达科技大学美容化妆品与管理科，嫁给承文后便在龙潭村临街的自家楼房一楼经营一家美容器材行，每天从事化妆品的批发与零售工作，生意一直不错。妙朱与当地居民早已打成一片，多年前被选为村民组长后更加热心于公益事业，每周三、周四清晨，她都要到附近小学门口当交通协管员。妙朱坚持多年做义工的善举得到了高雄市和屏东县行政首长的嘉奖。常年在高雄、屏东康复医疗机构打拼的承文把打理家庭的重担交给了妙朱。她除了经营店铺，还要照顾腿脚不利索、行动不便的婆婆——大伯母王荷。

妙朱曾给病重期间的公公能茂代笔一年左右，用她清秀脱俗的书法维系着两岸亲情，我和她彼此早已相识相知。有一个晚上，醉眼蒙眬的我，坚持要跟她和承文去高雄补习班接侄女祖儿回家。我与乖巧的祖儿也是一见如故，亲情自然流露。离开台湾的那个凌晨，妙朱精心打扮，坚持和承文一起驾车送我到高雄机场。

千里迢迢，海峡阻隔，相见时短，别离时长。

20世纪80年代末90年代初，能茂寄来的台湾亲人照片中身材高挑、五官秀气的美华最抢眼，她大学毕业后曾先后在台北大同公司、屏东一家汽车驾训班工作过。

美华1995年在屏东第一次成家后很努力，扛下了养育俩儿子的压力，但抵挡不了第一任丈夫的家暴。美华离婚后曾独自经营一家泡沫饮料店。

2004年，美华在屏东第二次成家，又生育了一个女儿和一个儿子，如今与丈夫经营着一家可再生资源回收工厂。美华特意放下手头生意携丈夫、儿子来与我聚会过一次。有一个傍晚，她还特意与妙朱一起带我上山去农家乐品尝美食，那晚酒足饭饱后我还与俩妹妹一起去KTV对唱，在屏东度过了一个惬意的夜晚。

美玉的学生时代光彩夺目，读小学时便进入巧固球校队，读高中时曾跟随学生代表队来大陆参访并参加球类友谊赛，也曾在屏东柔道比赛中获得冠军。

从高雄市正修科技大学幼儿保育系、台湾体育大学毕业后，美玉在屏东潮州镇工作期间，与柔道、柔术五段高手兼柔道裁判涂智明相恋。如今养育了四个子女的她身材依然苗条，皮肤棕黑色，目光深邃坚定，情绪不轻易表露。

美玉在自家开设的武馆中兼任教练，在屏东举办的柔道、角力赛事中担任裁判，还帮衬丈夫从事室内装潢生意。

图 1-16　2020 年台湾亲人大团聚（左一为美玉）

美玉意志坚定，颇有主见。当年她还是幼稚园老师时，就决意要嫁给丧偶的智明。亲人们再三劝说，可美玉还是顶住了大家的反对，毅然嫁给智明。

事实证明，美玉没有选错人。夫妻俩这几年来风风火火建设大家庭，人口与家产逐年增多，博得了亲友们一致赞叹："有福气，她老公对她真好！可谓百依百顺，又会赚钱养家！"

台湾资源有限。虽然人口密度和竞争压力大，但当地居民法制意识强，文明素养较高，过红绿灯时机动车、非机动车和行人都讲规矩，排列整齐。台湾南部地区以农业为主，从事传统作物种植、家禽家畜饲养和小本生意者居多,像妙朱一样起早贪黑勤快工作的大有人在。屏东县内埔乡一带马路上遮阳帽和防晒纱巾包裹严实、行色匆匆,赶往田里劳作的妇女随处可见,村庄里几乎看不见闲逛的人。

爱工作、爱生活的这些宝岛女人是台湾最美丽的风景线!

2021 年 2 月

第一辑　故乡亲情伴一生

难忘世志伯伯一家子

霜降那天，淑英妹妹给我发信息说，她爸钟世志身体好得很，让我放心，她和丈夫良涛国庆节去给老爸庆生了，陪他愉快地度过了第89个生日。

世志是先父能昆20世纪50年代末在福建省将乐县工地义结金兰的同乡兄长。能昆生前很敬重他，自我六七岁起，几乎每年春节他都会带我行走三十多里路去世志家拜年。那个浦江郑家坞镇方坞小山村给我的童年记忆增添了不少色彩。

胜似家人的快乐时光

据舅舅回忆，世志迎娶邻村金竹兰那几年遭遇当地恶势力从中作梗，智勇双全的能昆使出浑身解数才帮忙搞定，从此之后两家人不是亲人却胜似亲人。

五官清秀、身材修长的竹兰，每次对我嘘寒问暖时相当亲切、温柔。她也会做一大桌子美食来招待我们父子俩。竹兰与世志生育的文龙、文渊和淑英仨子女说话像父母一样细声软语，个个乖巧听话，自然成了我年少时无可替代的好朋友。

"哥哥，快来快来，快过来进屋坐。""哥哥，前面的田间小路不好走，得小心啊。"小我三岁的淑英声音柔和甜美，在寒冷的春节跟着我们三个哥哥玩耍时虽然一脸娇羞，但总是会传递他们一家五口平时生活的温馨给我，让我满身迅速暖和

53

起来。

　　世志教育子女的心态相当宽容、平和，完全没有能昆那般用藤条威逼长子读书的"凶狠"，也没有逼迫俩儿子"读书出山""光宗耀祖"。文龙、文渊没有考上大学，之后便到附近白马镇大型服装厂当裁缝师傅，没几年都成家安居乐业了。

　　春节期间的一天中午，陪世志与能昆喝了点酒后，我一时兴起想去看看《铁道游击队》等抗日影片中多次出现的神奇火车，便与文龙、文渊一起翻越了两座山抵达义乌大陈镇境内。在长长的铁轨边等了许久才迎来了呼啸而过的一列绿皮客车、一趟货运列车，但第一次见到火车这个会奔跑的庞然大物，我们仨"哇啦哇啦"兴奋地叫喊了半天，回家时已经天黑，手脚被树枝杂草划破了不少，脚底也起了泡。累趴的我们仨吃过晚饭后躺床上直接就睡着了。

挺过三次重大打击的坚强老人

　　世志只会讲郑家坞一带的土话，义乌方言腔调十足，虽然很难听懂他"唵""呢"等拖声、尖声多的语句，但从他黝黑的脸庞上闪耀着秋日阳光般和煦的神情中，我大概能猜出其讲话的意思。他是我见过性格脾气最温和、农田劳作最勤勉的长辈，也许他的健康长寿主要得益于他处变不惊、喜怒不形于色的平常心，得益于他安分守己、一辈子乐于耕作的心境。

　　世志曾长期担任方坞村会计，做事公平公正，从不贪图集体一分钱，从未与其他村干部发生争权夺利的事情，也未与别人吵过一次架、红过一次脸。只要你进村打听世志家，村中男女老少总会有人热情地带你上门，因为他是四里八乡口碑顶呱呱的好男人。世志与竹兰将五口之家经营得衣食无忧、甜蜜快乐，但在世志七十岁之际，不幸突然砸中他俩经营了一辈子的家庭。

先是文龙2013年身体出了大问题，他的肝病查出来时已经是晚期，少时睁着大眼睛叽叽喳喳说不完话、和我一起蹦蹦跳跳的他突然撒手西去，丢下年迈的父母、妻子和刚成年的女儿。妻子成为遗孀不久便改嫁他人。竹兰2014年因长期患有类似重症也作别人世。遭到两次重大打击的世志欲哭无泪，老年丧子、丧妻之痛可谓人间一大悲剧。身患着同类重症多年的小儿子文渊2020年也去世了。遭受第三次重大打击、又一次白发人送黑发人的世志差点崩溃。所幸，出嫁在邻村的小女儿淑英没有遗传母亲的病，女儿女婿、孙女与文渊遗孀、文渊遗子成了世志晚年生活的主要精神支柱。

世志与能昆一样，在谋划大事上有两把刷子，对丁1984年盛夏能昆病危之际没人通知他去见个面告个别，对于能昆去世后他提出的两家子女联姻建议未落实，他一直引以为憾。虽然他只对我母亲抱怨了两次，但从母亲转述中我能体会到他希望两家后代持续互动下去的良苦用心。

历经沧桑后坦然生活

2020年清明节前，我特地带着胞弟承兴再次去看望世志，并了却几年前想给伯母竹兰和文龙兄弟俩扫墓的心愿。

　　世志早早地准备好了祭祀用品，用扁担挑着两小筐带我俩去村旁小山坡扫墓。途中，我想接过扁担让他轻松走路，可他执拗地非要自己挑，估计他虔诚地想一个人主导缅怀亲人的庄重仪式。

　　在焚香和烧纸钱时，世志伯伯除了说了两句"林水、兴来看你们了"之类的话，不再说什么，他大概习惯了在心中默默祈祷。

　　不抽烟的世志一直爱喝点小酒，酒后他黝黑的脸总是涨成紫红色，让我想起民间画作中关飞那张正气凛然的红脸。一般人酒喝多了话也会多起来，可我没见过世志酒后说什么。

　　世志如今依旧在门前小丘陵一亩多田地上劳作，种粮种菜一样不少，过着自给自足的生活。多年前行政村合并的时候，三面环山的方坞成了钟宅行政村的一个自然村，世志每天会走两里路去钟宅享用政府补助老年人的一日两餐。

　　孙女去年在浦江县城成家，今年孙子与一位湖北女孩喜结连理。心更宽了的世志空闲下来就帮助小儿媳家看门看鸡鸭，种植的部分粮食与蔬菜也给了子孙。

　　每逢我们兄弟俩去看望他时，他都会塞给我俩一些自己种植的萝卜、芋艿什么的，去年还特意让儿媳宰杀了两只洋鸭给我俩，为后辈考虑得还是那么周到。可惜我们晚辈常常没有体谅古稀老人的身心需求，比如有一次我开车送他回家时速度太快，加上田间机耕路坎坷不平，他急匆匆地坚持要提前在村口下车，虽然没有说出批评我的话，但可以想象他晕车差点呕吐的难受的样子。

带世志去我姐姐家吃饭的那一次，他喝酒吃肉、大碗吃饭的从容劲不减当年，从他身上我开始相信"老当益壮"。温和者、勤劳者往往气顺体健，气顺体健则延年益寿。以平常心劳作，注重修行，不为名利所惑，坦然面对日出日落、世事变迁，也许这才是人生的真谛。

暗香袭人

两束寂寞的百合，是我亲手挑来的。可一放就过了一个季节，到了与你相识两周年的今天。

耳中传来类似玻璃破碎的声响，我猛然惊醒。低头面对绿色叶片上的褐色，我愧疚不已。悔不该把你丢在阴暗的角落，不闻不问，不曾料想你的暗香是否久远。

自从那年初秋，鼓浪屿的浪花绽放了笑脸，我第一次将海滨排档上浅笑盈盈的你，与静悄悄开放的百合联系在一起。

从此，每当走过花店，我会驻足，带两束百合回家。

花静静地绽放，暗香袭人，相对两无语，当年的含情脉脉犹在。

今夜抚摸你的心碎，倾听你陨落前的泣声，前尘往事刺耳轰响。

我修剪残枝败叶，换上纯净的水，将你晾晒在阳台。

无论明天你的暗香是否还在，你的美好，都将永远留存在我心间。

2004 年 12 月

第一辑　故乡亲情伴一生

收获的季节我收获了什么

晨曦又一次唤醒了我，简单洗漱后喝了一口温水，穿上运动装准时出发。

荷花坪的小山坡上一垄又一垄菜地，一片又一片晚稻田，处处飘荡着金秋浓浓的芬芳。

早起忙碌的人儿明显多了起来，老妇在自家二分菜地里耐心地拔除杂草后，又拔了几颗包心菜，掰了几个苞米。老汉扶起被风刮倒的金灿灿的晚稻，思量着今天要不要拉打稻机来，把果实早点收进家里。每天早晨，霸占绿化带的一丛又一丛绿油油的番薯枝叶与芝麻秆不见了，番薯地翻土后种上了小菜苗，芝麻地只留下烧焦的枝干。

罗柱岙丁字路口转角处的少妇又摆起了早餐摊，不想错过周边工业园区周末加班的人流。

丰收季来临的喜悦到处涌动，我却有一种莫名的恐惧。对于辛勤耕耘了一个季节的人来说，好收成指日可待。对于我来说，耕耘了好多个年头，播种了一次又一次的希望，可到头来却没有一片叶子属于我，没有一粒果实可以收获。我只能在晨练中欣赏大自然的瓜熟蒂落，接受他人之所以丰收的思想洗礼，开始自我反省。

劳动者之所以过得快乐，是因为他们的付出有了回报。对他们来说，昨天、今天、明天是自然界对他们的签约与兑现，是梦想照进现实的一次又一次完美演出。

可对于我来说呢？昨天、今天、明天也许都在办公室待命，我的行动与付出为零，自然得不到回报带来的快乐！有时我会怀疑自己从事的工作是否那么神圣崇高……

收获的季节，我几乎没有什么收成，因为我几乎没有什么付出。

2007年10月

诗路名人与越乡女子

会稽，四明，天台，大盘
　四山孕育名川
四江汇流的剡溪一路向北
　谢公羲之迷恋万缕烟波
　　太白子美始宁久驻
　　元晦贵门醉酒授业
　　子猷雪夜孤舟访戴
　　人如山川千娇百媚
　　舞姿曼妙莺歌婉转
　古越音腔，软语细声
　长袖善舞的越乡女子
　　走不出亭台楼榭
悠然飘入剡中山水的骚客
　放浪形骸，声色犬马
　方有千年诗篇氤氲江南
　铿锵声声催，欲说却还羞
　　红晕遮挡了狂野
　青史未遗漏儒商仁医
　　欠你大家闺秀气概
　唐诗宋韵，梨园多情

丰润了江南小女子

文字跳跃在殿堂外的篱笆

千年诗路又添了一分妖娆

2021年11月

你的笑是夏日最美风景

花儿吐蕊草青青
宛如等待千年的邂逅
柔情如墙头凌霄
绿意盎然地百回千转
才燃起了绯红
点亮了两汪明眸

青涩藏不住问候
浅笑温润如玉
轻启便是婉转
与你汉时明月焙新酒
盛唐歌舞舒广袖
英雄气短
日子不再漫长

2022 年 5 月

冬 眠

梧桐树叶落无声
枯黄装扮无人的街头
第 2000 个日子
是一枚钢针穿冰凌
透明的心空荡荡

天空没有云彩
太阳不再热情如火
我俩是飘浮的灰尘
失去了爱
日子是简单的糊涂
没有了你
脚步是沉重的枷锁
这是春天来临前的冬眠

2005 年 12 月

千年洋坑之花
——壬寅年七月十四夜寄流霞

四百年樟树下打坐
与外婆与黄老对话
舞一曲高山流水
通透灵与肉
剑雨梨花汗水挥洒

绿萝爬上篱笆
酡红点亮畲乡厅堂
风铃声声低回
古筝长箫吟唱
古宅百年前的情调

几颗星星
痴恋圆月千年万年
烛光下的你
捋了几下长发
胜似飞天的鲜活

桃溪浅处

　　如你般惊艳的流星雨
　　提前一天在东山之上
　　　洒脱一笑
　　天人合一的千年芬芳
　　盛开在浙西高山冷坳

2022 年 8 月

第二辑

同窗情谊无限好

文学与人生的启蒙

桂花初露枝头,微风吹过,飘来了阵阵清香。

在教师节来临前,思念一张张和蔼的脸、一双双炽热的眼,心底激荡起情感的涟漪。

十年寒窗,三年大专,三年本科函授,曾经给我授业解惑的老师还真多得一下子数不清。但总有几张脸,有几束目光,有几个名字,早已铭刻进我的脑海里。

浦江县中山中学是五年制,我曾在那里就读。当年风流倜傥、才华横溢的郑日成、方勇两位老师,给了我文学与人生的启蒙。

郑老师身材瘦小,五官标致,那双大大的眼睛炯炯有神,一头浓密的黑发时常被修剪,在额头上经常上翘。

每天早晨,郑老师都要去毗邻学校的浦阳江边打太极拳。那几年刚好流行有关霍元甲、陈真之类的香港武打片,我们初二两个班80位同学都被郑老师的太极拳和一表人才,还有他的文学才华迷倒了。

从《诗经·卫风·硕人》"美目盼兮,巧笑倩兮"讲到陆游《钗头凤》"红酥手,黄縢酒,满城春色宫墙柳",郑老师轻轻甩头时的抑扬顿挫,他描绘的佳人与意境,撩起了少男少女的遐想。他讲述的荆轲"风萧萧兮易水寒,壮士一去兮不复返",李清照"生当作人杰,死亦为鬼雄"的故事,激起了多少少年的斗志。讲起现代的鲁迅、闻一多等文学大师、民主战士的文章来，他又激情澎湃。课堂45分钟，让人听得如痴如醉。

图2-1 日成老师潜心学习古文

"路漫漫其修远兮，吾将上下而求索"是郑老师从金华师范毕业后每天必看的座右铭。他因材施教，特别是抓两头的方法，对优秀生和"混混"很管用。比如我和同村一位小"混混"学长炳被其母亲慕名送到郑老师处"改造"，不出一年真的被郑老师教育得乖乖的。原本喜欢寻衅滋事、学习成绩差的炳，竟然考上了中山中学文科重点班，成了我的同班同学，高考考中了浙师大。炳十年前辞去乡村学校教师职位后自己开了"学习诊所"，对中小学差生特殊教育成效显著，名声远播，他在接受媒体专访时承认，自己之所以在差生教育领域出了成绩，一定程度上得益于郑日成老师当年的教育方法。

郑老师对我当年痴痴地听讲、墨水沾满了书本和衣襟的书呆子模样很是欣赏，不仅让我兼了语文课代表，有几个晚上还单独把我叫到他的寝室"开小灶"，提醒我不要"白了少年头，空悲切"。郑老师刊登在家乡杂志上的《小水杉呀快快长》这首诗，向学生发出了少年立志、快快成长的热切召唤，更加坚定了我要成为"建设祖国的好栋梁"的决心。去年夏天，我特地回故乡看望了郑老师。近四十年过去了，他依然满头乌发，两眼炯炯有神，精神状态不减当年。

方勇老师是教我高中语文的。他身材高挑、小眼睛，解析古文时总是摇头晃脑，一手捧着书，一手握着粉笔，两手一旦挥舞起来，活脱脱一个老夫子，纵是下课铃响也打扰不了他。

方老师自懂事起就喜欢翻阅祖辈留下来的线装书，十三岁就顿悟并立下志向，那就是一辈子看古书、写古文。中学毕业后他被保送到师范学校深造，潜心钻研古文，自此一发不可收。那些冷僻生硬、晦涩难懂的古文字，在他眼里是越咀嚼越有滋味，先秦诸子、司马迁、嵇康、李白、韩愈、苏轼等千年前的大家，都成了他的"老友"。

一年当中，方老师至少有三百天是在学校度过的，除了每周上几节语文课，他把剩下的时间都花在破万卷书、写万言心得上。一心扑在古文字王国的他先后在河北大学、浙江大学和北京大学深造，多次逐梦，终成大事业。方老师十多年前在华东师大创办先秦诸子研究中心的同时，在全国开创"新子学"人文思想研究之先河，在国内外举办了多届新子学国际学术研讨会和多届新子学博士论坛，其有关先秦诸子研究推陈出新的论文多次刊登在《光明日报》"国学"栏目。方老师已成为新子学国际学术研究的领头人。

图 2-2　方勇在新加坡国立大学新子学论坛讲话

方老师培养弟子也用心良苦，在学问研究精益求精的同时，没有忘记激励、提携后来者。他在攻读博士、博士后时，都与我保持联系，也曾将他有资格招收硕士生的信息和机会留给我，至今想起仍然让我感动。遗憾的是，我当年一心想出国留学，最终无缘成为他的研究生。

  师恩重如山,四十年来一直激励我前行,让我保持永不懈怠的精神状态。师恩又如灯塔,一次又一次拨开了求学路上的迷雾,照亮了我人生远行的方向。唯有且行且珍惜,方可无愧师恩。

(2021年9月《交通旅游导报》刊载)

小眼睛老师和绰号同学

中山中学的初中三年是我十年寒窗中最难忘的一段时光,不仅因为有多位个性鲜明生动、讲课妙趣横生的老师,而且因为有一群天真烂漫的同学,他们共同给那个年代增添了许多明亮、轻快的色彩。

初一班主任兼生物老师楼尺、初一语文老师蒋梦奎、初二化学老师王顺存、初二初三英语老师张瑞世都是小眼睛,对学生要求严厉,是同学们最敬畏的四位老师。

那年秋季开学不久,头发短且花白的楼尺老师站在人行通道上,眯着小眼睛给我的父亲说着什么,让我怯生生地不敢接近他俩。

他俩那次严肃认真的对话场景让我紧张了好多天,事后也没有得到什么提示。从那之后的中学住校生活,向来神出鬼没的父亲再也没有出现在校园里,换用隐匿的方式继续关注我在校的表现。

体型瘦长、走路弓着背的楼尺是初一(1)班班主任兼生物老师。上课时他总是伸长了脖子、摇几下头才开始说话。他的小眼睛特别有神,好像经常在跟踪我,每当我与同桌做小动作被"扫描"到时,我都会打个寒噤。不苟言笑的楼尺是学校里神一样存在的另一位"父亲"。楼尺做事很有耐心,他的粉笔字一笔一画,苍劲有力,又清清楚楚。他带领全班同学开展课外活动、在操场除草时,也是有板有眼、章法不乱,不过这时他的小眼睛也没有像上课时那么可怕了,脸上会偶尔露出几丝慈祥宽慰的笑容,像邻家智者大伯,也像入世的儒雅道士。

"This is a dog, that is a pig."张瑞世老师领读英语时常常抬起头,露点舌头出来示范,并且瞪着小眼睛扫视全场。他在黑板上书写英语句子时会突然来一个转身,锐利的眼睛死死瞪着台下后排叽叽喳喳讲话的那个同学,那种"鹰眼"让我不寒而栗。他对一贯调皮捣蛋的男同学会采取惩罚措施,比如让那个男同学领读刚教的一篇课文出出洋相。事实上,在那位同学结结巴巴、断断续续才吐出几个英语单词之际,同学们哄堂大笑,瑞世也会开心一笑,算是解气了。

瑞世是一位风趣幽默的英语老师,经常把他那有点稀疏、花白的头发梳理得油光发亮,认真讲课时爱抬起那高傲的头颅,并噘起那俏皮的嘴角,挥舞着教鞭指着黑板上的英语单词让同学们朗读。听说因为有海外关系,瑞世在"文化大革命"中遭受过迫害,他原本优雅、富足的生活没了,人到中年尚无家室。

"Comrade Yang, your english good."公布初二下学期英语期末考试成绩时,瑞世在课堂上以半认真半调侃的口吻表扬我。上初三时,有一天英语课后,他在走廊里用慈祥的眼神注视着我,并走过来摸着我的头,赞叹道:"大颅头,good。"他很少如此亲昵地表扬一个学生,这个小故事也在同学中传播了好多年。

身材矮小的蒋梦奎戴着老花眼镜在讲台低头讲课时，其锐利的目光会冷不丁从镜框上沿穿透出来，一旦扫中哪位低头玩什么的同学，他就会敏捷地冲过去。貌似弱不禁风、上课节奏偏慢的王顺存在黑板上写着写着，一旦听见哪个角落发出噪音就会突然转身，并且以最快的速度将粉笔头扔向那位上课随意讲话的同学，力量大又精准。次数多了，这位扔粉笔头堪称全校第一的老师的课堂就成了最安静的。初二、初三数学老师江国富的小眼睛高度近视，虽然没有年龄偏大老师的课堂管理那般"凶狠"，但是以自己快节奏的上课方式牢牢抓住了同学们的注意力。他任我们初三（2）班班主任的同时兼任校团委书记，转战仕途后他还是以风风火火、严谨细致的做派屡次获得成功。

    初一音乐老师金新华、数学老师叶家友和初二物理老师陈晓敏都有着一双美丽的大眼睛和转速特快的大脑袋。他们仨性格脾气也温柔，上课时不似小眼睛老师般态度严肃、目光尖锐、语气严厉。经常被几位调皮捣蛋的同学给气得满脸通红却说不出话来。

    "惹火棒"朝晖本来家庭条件不错，"文化大革命"时家道开始中落。他的母亲定居杭州，少年丧父的他和姐姐在老家上学。他有着高智商和高情商，读书比我轻松多了，功课门门优秀，总成绩在年级中一直名列前茅。精力过剩的他以给同学取外号（譬如称脸上肉肉多的我 FAT）为乐，课间还喜欢煽动几位头脑简单但孔武有力的同学去挑拨其他几位憨厚老实且不善言辞的同学摔跤。比如有一次下课，不知他看我哪里不顺眼了，就无中生有地对两位跟班说:"去,FAT 刚才骂你俩好几次小偷小狗了,摔倒他。"面对比我年纪大些且强壮有力的"小偷""小狗",我常常没有还手之力,惨状可想而知。

小愉非"小偷",小愉比我年长两岁,看上去浑身是肉、浑身是劲,在朝晖(同学给他绰号"惹火棒")的威逼之下,细小眼睛突然瞪得老大的他课间常常欺负几个男同学,因为这样做可以换来抄袭朝晖作业的回报。有一次他的作业本上姓名写得太潦草,一位课代表在喊名字分发作业本时读成了"小偷",该绰号就给他贴上了。

有一天,小愉良心发现,带我去他那个离学校五里之外的老家。在他的家里没遇见大人,二层楼房房间多,物品多,但相当有条理。他走进房间拿出了几块糕点给我,那个时候才感觉到离开校园的他原来也有善良老实的大哥哥模样。初中毕业后,因没信心考高中,小愉开始做点小生意。后来娶了义乌的女强人并做起了煤炭交易的买卖,又与炒股炒房炒煤的朝晖有了交集。赚大钱了可以开豪车、住洋房,可小愉还是保持农民本色,每天仍然夹着早已脱胶的旧皮包,骑着锈迹斑斑的永久牌自行车,吹着口哨去自己的小公司上班。

长得虎头虎脑的"小狗"杭卫的家离学校近。他有着石斛桥村人争强好斗和脑子灵光、善做生意的鲜明特点。他有时还会挑战高年级的校友,但遇见可怕的小混混校友,他也会躲得远远的,所以课间打架比试中基本上都是赢的。因为他冲出去打架时往往不声不响,只顾出手不说话,且动作灵活,正所谓"不会吠的狗最会咬人",所以同学们给他起了"小狗"的绰号。

"小狗"有些狡猾且胆大妄为,课前课后遇见老师点头哈腰,看见不顺眼的同学就会吼几声。做作业和考试时,那双经常180度扫描的大眼睛,一旦发现老师不留神就会抢同学的作业或试卷抄袭,其动作之快无人可比。中考时"小狗"要我抄英语答案给他,胆小心虚的我鼓起勇气终于把小纸团扔给了他,可笨拙的动作还是给监考老师看见了。所幸,跟考的班主任跟监考老师解释后,监考老师便没再追究,但给我吓得不轻,此事也一直瞒着父母。

那个饥寒交迫的求学时代,在知识的海洋汲取文化相当艰苦,课间、晚自修的自嗨给单调枯燥的学习生涯增添了不少乐趣。

2022年8月

忆"康大叔"和朝晖

每个生命来到这个地球上,都要经历风雨的洗礼和阳光的哺育才会成长,进而才可能成才。伯康、朝晖是我的高中同学,朝晖同时还是我的初中同学。我和他俩一样,走过风雨坎坷,终见人生彩虹。

伯康因为有"地主"的家庭背景不被允许参加中考,放了两年牛后幸好遇上改革开放,终于凭借实力考进中山中学文科重点班。伯康在同学中是最忙碌的,他忙着学习,也为班里大大小小的事情在操心。与女同学擦肩而过时,步履匆匆的他总会盯着对方看几眼,捋捋额前那几撮下垂且油光发亮的头发,比羞于抬头瞟几眼女同学的我等"维特"要大胆勇敢多了,身为班长的他要协助班主任随时扼杀男女同学间早恋的苗头。

伯康多肉的脸膛有些黝黑,长了不少青春痘,身材魁梧,为人处事气场大。看不惯他管东管西的一位同学给他取了个"康大叔"的绰号。其实他不像鲁迅笔下满脸横肉的刽子手,更像三国时期的张飞和北宋时期的包拯。个别女同学一直欣赏他的成熟老练、正气凛然。

早熟者比晚熟者拥有更多成功机会,考上台州商校后的伯康同样精力旺盛、魅力四射,不仅被评为优秀毕业生,而且被分配到了一家省属国有企业。多年后,伯康以优异的业绩当上了子公司负责人。

参加工作没多久便在杭州成家立业的伯康,当年住在吴山一套单位分配的老房子里。我曾两次借宿他的住所。山中方七日,世上已千年。我做着留学梦的那三年,伯康在事业上全力打拼且屡战屡胜,并且成为企业高管。拼搏不止的伯康成了独子郑作的学习榜样。美国名校毕业的郑作现已成为国际新兴高科技业态"太空链"项目合伙人。

朝晖一直头脑灵光、记性好,成绩名列前茅。多数同学一节课下来记不全老师讲的内容,考试前还要多次泡在题库中,而他可以轻松应对。课余时间多数同学抱着书本不放,他却经常在操场上打篮球健身。高一那年的冬天,我患重感冒快倒下时,伯康和身为团支部书记的朝晖,各自骑着自行车将我送回家休养。次年暑假,得知我父亲身患绝症后,他俩还特地赶到我家田头帮忙收割庄稼。业余喜欢运动的朝晖身体一直比我好,读初二的那年冬天,他看到我衣衫单薄,就把他亲戚送的一件军绿色的半新棉袄转送给了我。那件棉袄我一直珍藏了二十多年,可惜后来在一次搬家过程中给弄丢了。

还记得1991年那个趿着拖鞋逛省城的夏天,当时我申请赴香港读大学签证被拒,对于冲刺了三年只为出国留学的我来说无疑是一个晴天霹雳,回到借宿的朝晖家后头脑一片空白。朝晖提醒我可以申请旅游签证先去香港,再考虑"曲线留学",但迂腐的我缺乏社会经验,当时怎么也想不通,我以旅游名义去香港深造的话,签证过期后万一被赶回来咋办。

杭大经济管理系毕业后在银行工作的朝晖，没过多久便下海经商，赚得盆满钵满。

伯康、朝晖是有情有义的好同学，是"60后"干事创业的代表性人物，为自己也为社会创造了诸多财富，可谓人生赢家。

图2-4　作者（左一）与伯康、朝晖在母校门口合影

2022年8月

第二辑　同窗情谊无限好

高考那两年

今年的高考已于 6 月 10 日落下帷幕，想着学子们结束了十二年寒窗苦读，即将开启新的人生篇章，我由衷赞叹他们赶上了好时代，而且较高的录取率可以确保大多数学子圆梦大学。

虽然距离我高考已过去三十七年了，但那两年高考发生的那些人生大事至今仍刻骨铭心，总是时不时浮现在我眼前。

文科重点班几乎"全军覆没"

我原本是幸运儿，那年以超出录取分数线三十多分的成绩考入了令人羡慕的中山中学高一（6）班，这是全校唯一、全县闻名的文科班。

图 2-5　中山中学 82 届高一（6）班同学合影

同时，我也相当不幸，因为我们班是高中学制改革的首批"试验品"之一。在1984年7月上旬酷热的那三天，我们以最后一届两年制高中毕业生的身份与县中首届三年制高中毕业生、高考往届生（复读生）一起高考，结果可想而知。除了一位同学考中杭州商学院外，其余六十四位同学均名落孙山，不足百分之二的高考录取率让当年许多农村学子及其家庭梦想破灭。

有的同学家庭本来就是因病致贫，读高中的学费及生活费还是向亲友借来的，临门一脚失败后就只能背起行囊去江西打工；有的同学十年寒窗失败后干脆接过父亲的锄头，也穿起草鞋下田当起了脸朝黑土背朝天的农民；而更多像我一样的同学在亲友资助下走进高考复读班，啃着冷馒头，睡地铺，咬紧牙关只为来年再战。

二次高考成为幸运儿

1985年7月1日，从十五里外的高考复读班回家第一天，在父亲生前筑就的平房里，我坚持每天交叉学习两门功课。虽然白天阳光热辣，夜晚蚊虫满天，但我始终躲在平房里啃书，除了偶尔出去透口气。第二次高考前一天，在县城棉纺厂上班的小舅舅带我去他家住，我才发现城里人吃住行都很"现代化"，首次睡上高级的床铺，首次吃上丰盛的正餐，让我激动得难以入眠。

三天下来，穿上小舅舅买来的短袖短裤，走两里路去县中考场途中还可以吃两口棒冰，所以不觉得天气炽热，在千军万马之中全力以赴"厮杀"，结果以460分的成绩刚好考上。原中山中学高一（6）班的其他十位同学也是二次高考成功的，他们大多考上了比我那个师专更好的大学。事实证明，一旦站在同样三年高中毕业的高考起跑线上，高一（6）班文科生不惧任何对手，以接近20%的上线率遥遥领先于当年全县平均只有10%左右的高考文科录取率。

再复读再高考，成功与否皆精彩

高中及复读班多数同学没有在第二次高考中成为幸运儿，他们还要再复读再高考，有的家长为了自家子女复读多次几乎是倾家荡产。高考复读的成本比全日制高中高多了，平同学的父母将其山区耕作净收入两百元钱拿出来支持他还不够，兄长外出打工赚钱来资助他复读了四年，幸好他第五次高考考中了某政法大学。武同学的父母与兄长皆在城里工作，为了搏个好前程，他下决心向两千年前的越王勾践看齐，第三次复读舍近求远，特地跑到东阳某个偏僻的复读班"卧薪尝胆"，还特意将自己的名字改为"吴越"。功夫不负有心人，他最终考上了上海外国语学院，毕业后在法语国家从事珠茶外贸生意，可惜天妒英才，英年早逝。

接近半数同学最终未能如愿考上大学，一般"事不过三"，大都是在第二次复读第三次高考失利后放弃。当然，真金不怕火炼，高考失利的部分同学提前进入社会，大多也是事业有成。磊同学在苏南一家大型市场当起了前店后厂的个体工商户，三十多年来基本上年年有赢利；宁同学两次高考失利后赴外省打工，后来经营了一家汽车修理厂；娟同学三次高考失利后到义乌小商品市场闯荡，后来一直兼职从事公益事业并主管一个志愿者协会，实现了自身社会价值的最大化。

所幸，从20世纪80年代开始，家庭联产承包制为农村带来了勃勃生机，改革开放的春风吹遍神州大地，社会主义市场经济方兴未艾，高考不再是一考二考三考定终身的唯一指挥棒，条条道路通罗马。自谋职业者实现自身价值的机会越来越多，也用勤劳与才智谱写着精彩的人生篇章。

（2022年6月《交通旅游导报》刊载）

方勇教授六秩华诞庆典纪实

乙未丁亥，瑞雪初霁，富春江畔，青山三面环绕，曲池湖、上林湖、向阳湖镶嵌其中，实可谓钟灵毓秀。阳光洒落在高大挺拔的银杏树上，斑驳金意也为原本素朴的冬日增色不少。它们在春夏生机盎然，秋冬则内敛深沉，犹如方勇先生潜心扎根子学，沿国学真脉问道苍穹。

先生方勇，号方山子，博学笃行，情定先秦诸子，心通魏晋陶潜，早有归隐之意。而今择良木，依江湖，栖居上林别馆。亲友闻之，纷赴来贺。

图 2-6 方勇教授在中山大学新子学研讨会上讲话

方勇先生于传道授业之余，钟情上林，非贪闲逸，非博虚名，乃因学境日臻于精，渐欲超脱世务嚣扰，归隐山林，以济才思。溯念庄子，尝以逍遥、齐物，挥洒不朽名篇；岁月以降，陶公继之，新谱桃源梦境，传颂田园胜景；今世学人，专志凝神如先生，则歆慕南华，心追五柳，不惜苦辛寂寞，撰就《庄子学史》于先，宏构《子藏》、开宗"新子学"于后，实乃诸子学之集大成者。

2015年12月6日上午，方勇先生甲子贺岁宴在上林一号会所举行，历时四刻。其子方达博士为父亲深情诵读篇章，历数方勇教授生平创业立说之笃志与艰辛，并立愿追随父亲学问与厚德；族弟方自亮自幼仰慕兄长，潜心钻研古文已久，敬诵《贺堂兄方山子六秩寿序》一文；浦江县文联主席何金海、副主席方钢军各献书法作品，"日月经天""子学宗师"实至名归；弟子郑伯康敬奉四川省文联主席马识途墨宝"醉墨楼"。其余亲朋好友及侄子辈等，亦皆怀祝贺意。

嘉宾云集，雅言共贺，觥筹交错间，恍如熏风在侧。方勇先生遂向诸宾客深致谢忱，并叩谢父亲方能泳、显妣周灵仙春晖养育之恩，鸣谢夫人张瑜三十载相濡以沫。

下午，亲友恳谈会举办于上林二号会所。方勇先生一反立言撰著时洋洋洒洒的惯常作风，仅用寥寥数语向家乡父老汇报学术成就，并简短概括了自己深耕诸子学说、编纂《子藏》、开拓"新子学"的数十载历程。其虚怀若谷的大师风范，令在座亲友赞叹不已。方勇先生神交庄子与陶潜，思量鲲鹏之举，擎子学复兴之高志，以探索国学真境。世俗之人，皆知其然而不知其所以然。

方先生立于自己累计一千多万字的著作边，眉目神情皆是云淡风轻，然而外人又何从知晓这字字珠玑之中包含了他一生的得失荣辱，哀乐苦辛。

方自亮、何金海、方钢军、江东方等亲友，以及弟子代表刘思禾、郑伯康、黄朝晖畅言于斯，盛赞先生桑梓情深，为家乡文化抢救性保护、月泉吟社遗址公园建设等文化振兴工程呕心沥血，高颂先生事业腾达，为诸子研究、文化复兴和国际文化传播孜孜不倦，并慷慨陈词，愿以先生为楷模，砥砺前行，共举个人事业发展、家乡和中华优秀传统文化复兴。

窃以为，融合文史哲，贯通古今中外，共襄文化复兴大计，亟须志存高远之旷世奇人。如家乡子弟，先生爱徒，传承方勇先生之衣钵，不以物喜，不以己悲，注毕生之功成就非凡之事，方不负先生立则于前，于家国兴盛亦是幸甚！小子躬逢盛宴，叨陪末座，不胜荣幸。是为记。

（2015年12月《方山子文集》刊载，有删改）

你最美丽

佛说,前世五百次的回眸,才换来今生的一次擦肩而过。

某个静悄悄的黎明,你如同东山升起的朝阳,温暖了我旅途的方向。某个酒酣的冬日午后,你如同沁人心脾的一抹暖阳,和着龙井的芬芳,令我回味无穷。某个月明风清的夜晚,你如同璀璨繁星烘托的明月,让我久久遥望。

你最美丽,昨夜又在梦中相遇。婀娜的身姿,手捧书卷昂首而过,少年维特闻不够阵阵栀子的清香。

你最美丽,又见江畔紫藤花开。教室西侧球场灌篮的雄姿,围墙外田垄春天傍晚的朗读,三十年前的脸红心跳,永久定格在历史的天空。

你最美丽,今夜又划亮火柴,在烟草香薰中回放当年穷困时光的雪中送炭。正是你带着集体的热量,焐热了我那寒冷的心,赶走了落伍的颤抖,让我重燃希望之火。

你最美丽,在官岩山南、德胜岩北,拨开少男少女的青春谜团;用数字、字母和方块砌起了一座又一座殿堂,引领我们走出迷茫,扬帆启航!

你最美丽,如同傲立千层页岩的倔强杜鹃,用一草一木搭建了一座硕大的家园,用最朴素的至真至善至美弘扬伟人"博爱"的荣光,续写上山文化万年的灿烂!

你最美丽,秉承先贤遗志,敢教沧海变桑田,成就了许多人生梦想，缔造了诸多事业辉煌。

　　无论世事如何变迁，你离我多遥远，你的音容笑貌始终是一种温暖，你的呼唤始终萦绕于耳。

2015 年 1 月

悼亡友

　　有些情愫，会突然从心底的泥沼里冒出来，让你爱恨交加，措手不及，任它泛滥。

　　如果你没有悄然离去，我身边的温暖就不会少得可怜。

　　你说，墨尔本的天是最蓝的，那里的水是最干净的，那里的人与物最值得留恋。

　　自幼被父母冷落、缺乏家庭温暖的你，一直选择逃离昨天，打包今天，拥抱明天。

　　但愿澳洲的阳光沙滩永久留住你匆忙、疲惫的脚步，让你在大街小巷车马声声慢中依然泛起红晕，神采飞扬。

　　但愿友谊的余温永远伴随着你，驱散不请自来的异国凄凉。

2008 年 8 月

那三年勿相忘

——为温州师院八五中文 2 班同学会而作

九山湖畔

蔷薇羞答答

月季含苞待放

阳光不来,雨露未降

错过季节的少年

匆匆行走在校园里

夕阳沉醉松台山

路旁的梧桐树影斑驳

社会青年恣意张扬

与双手插在口袋的室友

四目相对,泯然一笑

银铃唱响灵昆的滩涂

海风扬起你我的发

瓯江自此无限绵延

中雁山寺皓月为姐妹指引方向

南雁灵溪为兄弟洗涤笑颜

桃溪浅处

三年春风化雨

黑土地上桃李芬芳

仕途拼搏，商界鏖战

春风得意，战旗猎猎

江中沙洲浊酒飘香

风云往事成等闲

是同学

换了鹿城人间

图 2-7　作者（右二）与温州师院同学游玩中雁荡山

2013 年 5 月

老同学

矛盾随着岁月增长
同学情谊却在衰减
圆滑世故不该是你我的附属
家庭的重担才是冲淡情谊的根源

翻弄记忆的碎片
十几个春秋的沧桑
如一阵阵秋风乍起
如一杯杯啤酒花
在无意中荡起友情的浪花
或是尝到了岁月醇厚的味道

风过了，云去了，夜深了
醉眼蒙眬中又结识了一位知己

2004 年 7 月

梦见港大

三十年前的春秋美梦
关乎你百年港大
般咸道、薄扶林道交织
是献给你的哈达
维多利亚湾、太平山
是护佑你的卫士
1991年我与你仅一步之遥

吴住持恩准寒门学子
寄宿半岛寺院
宝岛伯父为我交保
中文学院声声召唤
天星小轮鸿雁传书
无奈停了签证
可东方明珠的光芒依然闪耀

新时代的金紫荆
夜夜璀璨
日日繁华
回家二十五年

你依旧披着圣洁的面纱
　　图书馆笑靥盛开
　　大学道宁静寂寥

　　天姥连天向南海
　　越人气壮梦港大
　　漂洋过海千里负笈
用尽一生穿行楼堂馆阁
　　我心安处
不知归途，岁月静好

2022 年 9 月

第三辑

遁入山水成神仙

最珍贵的花

记忆偏爱美好的事物，一晃三个春秋过去了，可万马渡丛林小道上的那几棵紫藤还时不时在眼前晃来晃去，这几天正是那些藤条争奇斗艳的日子。

陡峭的高山上随处可见弯曲、冗长的藤条，这种藤科植物让驴友见怪不怪。其春天开放的花朵大多为紫色或深紫色，那种浓密的紫太过妖艳，我一般不会多看几眼。可偏偏那一天，那一棵奇形怪状、苍老黝黑的紫藤朝我笑了，它笑得很甜。盛开的蓝白色的花朵密密麻麻地长在丑陋的藤条上，耀眼夺目、直照人心，与周边清一色墨绿的灌木丛形成鲜明对比。杂草、藤条、大小灌木，都为烘托高贵的蓝白色花朵而存在，一年四季都在守护紫藤花。

同行的几位驴友渐行渐远，我仍然站在新昌深山冷岙里的紫藤花前发呆，仿佛听见了花朵开放时轻轻的声响，看到了花朵的一颦一笑。少年"书痴"一不小心成为中年"花痴"。亲山乐水的时候一旦邂逅一双深情的大眼睛，一旦在大山里偶遇羞答答的花朵，一旦看到白里透红的笑脸，我都会被那种美好所震撼、所俘虏。

听说万马渡那一带已经在实施旅游大开发规划了，山间小道边的紫藤凶多吉少，此生恐难再遇见那些只为有情人开放的蓝白紫藤花。那种特别的美远离尘嚣，只在特别的时间特别的地点为特别的人开放，所以她是最珍贵的。

2007 年 10 月

武夷山感怀

山不在高，水不在深，因为有了徐霞客，有了朱熹，有了陈省，闽西北不再贫瘠，武夷山有了美丽的传说，九曲溪有了千年盛名。

紫阳书院的几度罹难与重建，隐屏峰下水月亭的品茗与传道，天游峰上的佛光与云海，晒布岩上大脚仙的迷恋，大王峰岩缝中开凿的惊险天阶，九曲溪的绿色晶莹，大红袍的醇厚，建兰的幽香，都体现着武夷山的博大胸怀。

巨石成山，山耸天而立。

溪流一旦缠绕奇山怪石，骚客一旦遇上鬼斧神工，山与川、山川与文士便相互成就了神奇。

崇山之间蜿蜒的九曲溪，似烟雨迷离中婀娜的江南女子，从醉人的唐诗宋词中飘然而出。

哗哗流水划破满天沉寂，时刻哺育生灵，于是便有了漫山遍野的葱茏。借助阳光的魔力，以光影的不懈流动，点缀了天地之间的亮丽。

山石因溪水潺潺而挺拔伟岸，溪流因山石倔强而温婉多情。于是山不再是凝固的壮美，不再是数量与几何的存在。水不再只是简单的生命源泉，不再是顾自向东流的灵动。山水似随意泼洒的丹青，丹青之外便是天何其高、地何其宽的无尽想象。

自然杰作造就了武夷山的一种天地和谐，揭示了生命轮回的意义。任它沧海桑田几万年，山川依然依偎，天长地久，人与人也该相看两不厌，相互成就。

2006年5月

松兰山畅想

松兰山难得有了好天气。

海风吹在脸上,丝丝凉爽,秋天的阳光暖暖的。

散客团成员大多是大爷大妈、妇女儿童。我来象山海滨是为了圆梦,一个做了多年的松兰山海滩梦。地图上看看感觉不怎么远,可大巴车在浙东蜿蜒曲折的山路上开来开去,才觉得确实有些绕、有些远。

中午前的海水有些凉,没有一个游客下水逞英雄。人群在沙滩上随着不大不小的拍岸浪花进了又退。平时仪表端庄、一本正经的成年人,面对海浪与沙滩时也变得天真活泼起来,大把大把玩弄着湿漉漉的细沙,与自家孩子玩起了堆长城、造碉堡和埋活人的游戏。

一直迷恋唯美的蓝色海洋的我,却变得异常拘谨,独自离开团队后沿着犬牙交错的象山湾寻寻觅觅。

这真的不是我所期待的东海之滨象山湾。我沿着滨海公路急行了十多里路,除了伤心还是伤心。重型挖掘机、推土机不断啃噬松兰山海边连绵的青山,另外两处有沙滩的小海湾也在大兴土木建造别墅群。水之蓝早消失了,海岸之绿也将消失?

在静静的海湾,背靠着青山,聆听海的呼吸,欣赏海之蓝,感悟海之喜怒哀乐,是不少文人所向往的,也是多数游客所追求的。

我们东海之滨的属地政府和有关企业，可能为了索求更多的经济利益而牺牲了太多自然环境，此类行为正在伤害着海洋文化与滨海生态。

为了这样那样的眼前利益，损害了子孙后代的长远利益，这种杀鸡取卵、自我毁灭的做法，最终导致松兰山一带森林大片被毁、人工建筑膨胀和废水直排海洋等现象的一再发生。

我不甘心只带着忧国忧民的失落情绪回家，午饭后便在一片震惊的目光中毅然跳进海水中，中秋的海水的确是那么冰凉，脑袋瓜因此变得特别清醒。

这种在公共场合敢于亮出自己勇气的做法，对于不惑之年的我来说，可以长时间让自己保持身心愉悦。

勇者当立潮头，当众人在层层巨浪面前不断后退、大呼小叫的时候，我却逆流前进。自由泳、潜泳、仰泳，我尽情变换姿势，一边与海水嬉戏，一边寻找驾驭浪花的快感。

虽然呛了好几口又苦又咸的水，些许细小的泥沙还沾在唇边，但上了岸马上给朋友发了短信：爽！再来一次。

于是我又跳进海水中再战一回，再次吸引了一大批眼球。

与海浪斗，其乐无穷。两军交战勇者胜。其实生活工作中的许多时候何尝不是如此？

2009 年 9 月

官岩山游记

　　立春次日，万物复苏，山鸟啁啾，天地清明。日正时刻，中山中学84届文科班四十余人值毕业三十年大庆之际，诚邀多位先生再上学堂东北之青山，再续师生情谊，见证桑梓沧桑巨变，共话人文兴替。

　　浦阳江流水潺潺，自西向东，至官岩山麓折向北。

　　师生一行沿江堤东行，至山麓先登老鼠洞水库。官岩山南延之山峦，松柏不再茂密；谷底玛瑙色之水潭，水不再丰盈。把话故园今昔，多了钢筋水泥，瘦了青山与绿水，昔日菁菁校园、满眼绿色已成追忆。斗转星移，物是人非，临别在即，驻足留影，情意浓浓不知相见何夕。蓝天白云依稀，来日人文复兴，美丽浦江犹可期。

　　三十载峥嵘岁月，源自十年寒窗。忆往昔负笈中山六载，朔风凛冽，衣不御寒，干菜充饥，夜学归舍掬冷水以解干菜之苦涩。幸得诸恩师指引，忍耐贫寒方能豁然开朗，与诸同窗精神家园作千古逍遥游，乐哉乐哉！于是乐春秋变法稼穑之乐，乐战国连横合纵之乐，以近先贤为乐，以失道寡众为哀。神游先秦，不以物多而喜，不以事衰而悲，庄子鼓盆而歌，孙敬悬梁，苏秦刺股，无不志在高处，以得道为乐！

　　后瓯江鹿城三年求身正与学高，学成执业于国企。然二十世纪末大浪淘沙,身随潮流而进退,偶遇北广、浙大学府之召唤,又得谋生之伎俩,遂撰写文章近二十载。

三十春秋,如浦阳之水,逝者如斯夫,为师又弃师,从商从仕半途而废,终又从文。喜闻恩师方山子尽得先贤之道,弟子层出不穷,蜚声文坛。

今又揽国学之精髓,开辟"新子学",举新文化旗帜,上承韩愈之古文运动,又与宋濂授业东山精舍、月泉书院一脉相承,敬仰之余欣然附和。

作别水潭,方山子兴致勃发,就近择小径,携弟子四五人,缘山南东进,迂回寻梦,二次问道官岩山巅。山谷悠长,两侧稀疏松柏苍劲,连绵层峦叠嶂。

行进数里,由东折向北,独辟蹊径,手攀草木,脚踩泥石,路遇荆棘无数,下山遇悬崖绝壁,则双手贴地逆身而下。如师徒三十春秋披荆斩棘,削繁就简,开辟路途,创新人生。过两山谷,越三山峦,北望始见浦江盆地、官岩山之真容。

宋濂《官岩院碑》云:"当天朗气清时,尝同二三子扪萝攀葛而上,俯瞰县北岩坑、仙华诸峰,如万马东行,或驻或跃。而浦阳江之水,蜿蜿蜒蜒,又如白龙南飞,一泻数十里,绕岩腹而去。周围原野,星罗棋布,诸池沼厕其中直小瓯耳。"千年已逝,师徒同登名山之情景何其类同!

官岩山如睡狮初醒,昂首西向,气势非凡。又如覆钟,如髻发,如人侧首面蹲。其西面上部又如硕大冠缨,教寺如其下部脸面,似一官宦向西大谈孔孟之仁义、法家之节度,官岩之名盖源于此。

　　浦江千年古道自北向南,越浦阳江,依山麓而过。宋朝朱熹、吕祖谦曾由此驿道东至临安,或游览越中。山门匾额"开天气象"乃朱公之真迹。

　　据宋濂记事,唐咸通年间(公元860—874年),祖登大师自上虞飞锡而来,居岩内,遇岁旱,独上绝顶,舍身投岩祈雨,是岁大雨。火化,得五色舍利,民感其德,依岩建"官岩寺",经宋、元、明九次重建增建,远近闻名。今尚存山门、大雄宝殿、胡公祠、后殿(扁担洞)、僧房,神像达50余尊。

　　据史料所载,官岩山原名康侯山,因大禹治水时派臣子康侯治理浦阳江而得名,大禹也曾亲临康侯山。岩南有鹫峰亭,始建于元朝至正年间,后历经修葺,其名取自日本"篆刻之父"心越大师别号。心越故里为官岩山麓蒋宅,其姓蒋名兴俦,字心越,于清初东渡扶桑。蒋兴俦远离故土,为解思乡之苦故别号"鹫峰野樵、东皋心越"。

　　大禹亲临官岩,祖登大师舍身祈雨,心越大师思念康侯之说,无不为名山胜地增色。

　　日昳时分,进岩下沐浴脸手,观寺前左右钟鼓楼,登殿进寺,大小信徒不计其数,香火日盛。无奈顶部西倾之巨岩大小砾石早已松动,官岩教寺与游人岌岌可危。

　　立足千层台阶,俯视山门与丰安阡陌,审视山腰毁林筑路与山下栉次建筑,悲由心生。

　　今夕何夕,何辈何人,竟如此失道?万年上山良辰美景,千年名山胜地，何以遭遇非礼，何以落得如此境界？故月泉书院之人文，新子学之博古通今，期待权贵瞩目与张扬！文化旅游、产业经济水乳交融，不可厚此薄彼也。

时甲午正月初六。

（2015年3月刊载于《方山子文集》）

新疆游记

2018年9月初，我首次从东海之滨飞往大西北。

广袤无垠、连绵起伏的灰白色、土黄色地面上鲜有生命。来自东南沿海的生哥要在这"西域"边陲开疆拓土、成家立业何其艰辛。

此行既是为了圆自己心心念念了半辈子的大西北之梦，也是为了看望在新疆打拼了三十多年的生哥。

铁打的汉子累弯了腰

三十年前生哥从部队退伍后曾在乌鲁木齐、奎屯市一带经营服装皮鞋生意，高大的形象加上风风火火闯事业的劲头赢得了上海支疆知青二代红姐的芳心。

1987年生哥第一次带她回浙江老家时惊艳全村，也使更多人向往多民族和睦共处的新疆。

20世纪末21世纪初，生哥在北疆转战农业，每年依靠大型耕种机械种几百亩棉花，并在农七师一二六团部一个连队买了两个泥巴房院子，其中一个院子出租给他人饲养牛羊。

生哥在北疆种棉花一种就是十年。

每天他一个人要背着水箱、手拿水壶给棉花浇水，一浇就是五个月。

"一干起农活来就没日没夜，常常不吃早饭中饭，晚饭也吃得少。习惯了，农闲时早饭吃得也少。"

在新疆的第一顿早餐，我吃了五个包子，生哥只吃了两个包子。

他依旧健谈："十年前刚来这里包田种棉花时，当地有人说我又要死在这里了。"

回首艰难岁月，生哥总结出了多条为人处事的奥秘："与领导、与周边群众要打下感情基础的，一旦遇到难事人家就会出手帮你了。""不能小家子气，有好烟就要递给别人抽，让他们觉得你大气、会办事。""去连长家，他会拿出最好的食品招待我。山东潍坊一位退休多年的老干部在我的泥巴房里养牛羊，养了五年，没回去过，我帮他做了好多事。"

图 3-1　生哥（左一）在乌苏市大街上

十年重担压弯了生哥的腰椎，他驼着背坚持带我逛了千亩花海、戈壁母亲公园和一二六团农垦历史实物展馆，其间遇到很多熟人跟他打招呼。

十年来，每逢当地居民提出要到周边城市购买药品、生活用品，每逢体弱的老年人要买种牛种羊什么的，生哥都会出手相助，开着他那辆小面包车飞奔几十公里。

因此十年来，生哥有什么困难，当地居民也都会热心帮助他。

播种与收获的季节，生哥起早贪黑一干就是十多个小时，在田垄间肩挑重担，挥汗如雨，再现五六十年前解放军在西北垦荒戍边的艰辛。

图 3-2　农七师一二六团部附近花海

戈壁成绿洲，边塞变江南，新疆成大美，靠的就是像生哥一样来自内陆的种植大户，他们像新时代的一座座丰碑一样屹立在茫茫戈壁滩上！正是他们这些铁打的汉子与命运抗争，与天地斗争，戈壁母亲的笑容才如此灿烂！

留宿生哥泥巴房的那一个夜晚我难以入眠，直到次日凌晨近三点。写好前一天的游记后，我走出泥巴房，满天硕大而又明亮的星星竞相微笑，壮观景象震撼人心。

一颗流星突然划过视野，为夜空增加了立体感，眼前的美景仿佛一部 3D 太空大片！

挺拔坚强、聪颖纯朴的生哥，次日还带我奔赴中哈边境游览了霍尔果斯口岸和伊宁市。

美丽喀纳斯名不虚传

去奎屯见生哥前，我在克拉玛依下飞机后，一个人坐绿皮火车奔赴北屯，游览了阿尔泰山怀抱中的喀纳斯湖。

傍晚在北屯市下火车后，西伯利亚寒风就给了我一个下马威。来自南方的游客仿佛直接从夏天飞越到了冬天。次日早晨我与另外二十六位散客坐车去喀纳斯时，也是寒气逼人。

一路向北，如同坐过山车一样，一会儿翻越几乎光秃秃的高原山岗（当地人叫大坂），一会儿冲入水草丰茂的山谷平原，全程走走停停，两百多公里路程用了近六个小时。

进入喀纳斯景区后换了两道车才见圣湖。这个湖泊三十年前就因水怪之谜被炒得沸沸扬扬。同行的一个大妈竟然说它跟天池差不多,另一个大妈说:"比俺家乡的水库大一些。"

可惜游船只开了短短几分钟就停泊在湖中央不前进了,如果再往里走上三道水湾,两位大妈就该发出惊叹了。

图 3-3 喀纳斯湖中心

面对如此美景,不少人拍照留影后就心满意足了,只有少数人能在画中游时触类旁通,悟出门道来。

湖边的西伯利亚冷杉、雪松异常青翠,山谷远处的白桦、胡杨时隐时现。远处山坡上也有几处绿草如茵的高山牧场,毡房点点,牛羊成群,堪称人间仙境!

喀纳斯湖的水源于四周高山积雪,其水色绿中泛白,好似绿玛瑙中渗了珍珠的乳白色。湖水经喀纳斯河汇入欧亚大陆唯一流入北冰洋的一条内陆河额尔齐斯河。

旅游不仅是对大好河山的视听感受，而且是自然风光与地域文化相融合、美的事业再创造再传播的高尚行为，唯有两者兼顾之下的适度开发、生态保护式经营，才能为旅游正名，才能发挥著名景区的价值！

河边三人行乐哉乐哉

早晨与同住 329 室的上海老张、南宁小潘沿喀纳斯河徒步向上游行进。太阳十点过后才爬上山峰，雨雪初霁，神仙湾、月亮湾、卧龙湾景色分外妖娆。太阳将山顶的薄纱撩开了又合上，青山的雪白脸庞和黛色裙裾时隐时现，喀纳斯河忽明忽暗。云雾似顽皮的小画家，拨弄着河水中连绵青山的倒影，山水画、画中画千姿百态，变幻莫测，震撼视觉！

图 3-4　小潘于喀纳斯河边留影

绿宝石般的河水流经卧龙湾后因落差较大奔流直下，喀纳斯河一改上游的温柔娴静，突然变得粗犷奔放，似一曲韵味悠长的交响乐，唱响了阿尔泰的生命之歌。

六十五岁的老张退休后在安徽一家企业当工程师，喜欢泡健身房的他拍照留影时露出的几块腹肌让人惊叹。沉默内向的小潘，在河畔咔嚓咔嚓拍个不停，遇见好山好水的雀跃之情溢于言表。三个人你拍我我拍你，有时模仿雄鹰展翅，有时在急流中的巨石上相拥，有时对着连绵青山大吼几声，有时来几句美声。我们饿了就坐在水边枯木上啃几口干粮，渴了就掬起喀纳斯河水喝上几口。河水清冽甘甜。

去程与返程皆有百年白桦、千年冷杉和雪松在山坡上列队守候，河滩上的片片胡杨林也含情脉脉，十多公里的徒步竟然都未感到疲惫。

如果我们仨跟团游，就会错过喀纳斯河如此多的美景，自助游的确能发现更多的美丽！

初游天山恨雪少

金庸笔下七剑下天山故事的发生地，一直让我心生向往。

从乌鲁木齐乘车前往阜康市途中，远远就能看见书本中提到的天山。天山也没有想象中的雪峰林立、水草丰盛。

一路沿溪水溯流而上，除了河滩上断断续续出现的苍劲的榆树和荒草，沿途满眼都是光秃秃、连绵起伏的黝黑山峦，直到接近天池时才出现高原林区。

到了天池景区,没有了初见喀纳斯湖般的欣喜,可能嫌她山不够青水不够绿,周围也见不到雪山,唯有睁大眼睛才隐约可见远处东北方向有两个覆有冰雪的山头。两手掬起池水喝了一小口,淡淡的如同平原河湖之水,远远比不上喀纳斯湖水那样清冽甘甜。

图 3-5 天池秋色

在欣赏了哈萨克族男低音冬不拉弹唱、少女舞蹈表演后,继续上山,终于见到了隐秘的高山雪里云杉和一大片草地,可惜朝向天池山岗的草地被踩踏得惨不忍睹,扫兴下山,又走向湖畔。

湖畔小道或木板或石头,有几位游客健步如飞,几位勇敢的年轻人轻松地走在贴着湖面的碎石堆里。

天池像人的五个手指头，游客进入景区首先看见的是朝南大拇指部位的湖面。

我沿另外四个手指部位的湖面方向时走时跑，穿过两座吊桥、两处危石突出的小道，钻过一株凌空横卧的古树，在中指部位的水湾欣喜地发现一座高五米左右的大理石观音菩萨。她背靠水湾面向天池，可谓天池点睛之作，与天池北侧东西观景台和西王母娘娘祖庙遥相呼应。

图 3-6　三对新人天池边合影

洁白的婚纱成了天池最美的风景线，三对新人在天池的见证下举行了婚礼！

经过天池西侧半山腰一大段弯弯曲曲、高低宽窄不一的凌空游步道后,再攀登百步陡峭的台阶,才能抵达西王母祖庙。

但愿天佑天池景区,天山常飞雪,雪杉漫山野,道路常冰封,生态皆恢复,山水之美永驻留。

桃溪浅处

寂寞敦煌盼复兴

那一袭明蓝
带着大唐盛世的绚丽
点亮土褐色的敦煌

飞天女神
以最亮丽的色彩
装扮丝绸之路千年

在柳园南下了车后乘小客车去敦煌,一路上戈壁滩随处可见,绿树绕村的绿洲太少,敦煌是最大的一个绿洲。以莫高窟、鸣沙山、月牙泉为代表的敦煌文明闪烁了千年。"西出阳关无故人""春风不度玉门关"等古诗词描绘的美丽大漠景色就在眼前。

但初见敦煌还是有些意外,从外围看她,就是西北一个很普通的钢筋水泥筑成的小城市,传说中的古色古香、大气磅礴不见了。1979年党河一场洪水毁了敦煌,原址重建时也未给城市建筑注入足够的古文明元素。我如同失恋的人,傍晚在驴肉黄面馆用烈酒把自己灌醉之后,一个人轻飘飘地走在大街上,对于戈壁沙漠般土灰色的建筑视而不见,对于夜市刺鼻的烧烤气息心生厌恶,在十字路口飞天女神塑像前驻足遥想。如果听几曲胡琴,见上几位风情万种的西域姑娘，遇到一队驼铃声声的客商，那将是我一生的浪漫记忆。

远离市区的敦煌古城（影视拍摄基地）有着众多气势雄伟的仿古建筑群，城楼牌匾上书写的"镇远门""威震西域"等几个大字气势不凡。仿古街市与商铺物件琳琅满目，酒坊横批与楹联诗意满满，立于街市交叉口的大牌坊、巷口枯死了依然倔强的老榆树，都在叙述敦煌千年前的繁华。敦煌古城在努力填补古文明元素，可惜游人稀少，大多数商铺紧闭，失去了千年前的繁华。

图 3-7　敦煌古城门庭冷落

阳关遗址离敦煌市区更远些，其刻有"阳关遗址"四个大字的巨石经历千年风雨依然耸立。戈壁滩上的阳关烽燧，仿造的汉代兵营账房、射箭场和攻城略地器械，是千年前丝绸之路西部边疆军事设施的情景再现。游客三三两两，又有多少人会想起张骞、班超使团，会想起大月氏商人的驼队曾来过这里？

　　与特色不鲜明的城区不一样，原生态的鸣沙山、月牙泉与莫高窟充满诗情画意，让人精神大作。泉在流沙中，干旱季节不枯竭，风吹沙不落，是为奇观。"朔风起，卷起满天雪；西风烈，扬起千层沙"等刻写在景区灯柱上的诗句，生动描写了地处戈壁沙漠的恶劣环境，风沙常常肆虐，沙山之间千年留存一汪泉水何其不容易，遑论其月牙形态自然天成。

图 3-8　妇女争相在鸣沙山拍照

　　太阳西斜，驮运游客的驼队在沙山下转圈，勾勒出穿越沙漠的经典画面。

　　夕阳伴着几朵云彩，光线柔和。中年妇人与少女抢着披起了红色丝巾或者绘有敦煌壁画图案的大围巾，为荒凉的沙山带来了些许生机。

大漠沙山之粗犷与女人之细腻阴柔，形成了一种强烈的力量对比。月牙泉及月泉阁渐变暗黑，又与周围鸣沙山的土黄色形成了一种色彩对比，视觉冲击力很大。"醉卧鸣沙月牙侧，千沙万泉无颜色。"灯柱上的这两句诗的确容易留住文化人的脚步。月牙泉是沙漠中的宠儿，也最容易击中文人的泪点。

走在工匠画匠打造的人文景观莫高窟96号、100号、138号、148号四个窟中，久久徘徊。

图 3-9　莫高窟与胡杨林

在敦煌艺术研究院院史展览室和敦煌文物保护成就展示大厅，我也是停留时间最长的一位游客。"知古知今知未来，看天看地看日月。"敦煌历史考古专家是抢救和发掘丝绸之路重镇历史文化的真英雄，让我由衷敬佩。

一排排挺拔的白杨树，似乎就是以常书鸿、段文杰为代表的莫高窟文物保护研究团队三代人的丰碑，正是因为他们在文物抢救等方面的无私奉献，当代人才有可能比较完整地欣赏到规模如此宏大的佛教艺术绘画。

　　期待更多游人在欣赏千年敦煌、戈壁大漠之美时擦出更多的思想火花，期待中外文明在大西北延续美丽邂逅的故事，期待不同民族之间的文化艺术大融合大发展。

　　大西北，依然勾魂摄魄。我还会再次去听你述说千年万年的风花雪月、英雄气长！

2018 年 10 月

西藏回响

从读书识字开始，我一直向往雪域高原，心想那个地理老师说的地球第三极到底长啥模样？格桑花真的如繁星点点？青稞酒味道如何？

等待了半生，2020年国庆期间终于见到西藏，我将问候送到了拉萨，送到了林芝。

南迦巴瓦，金光闪耀，总是躲藏在缥缈的云雾间，西沉的阳光最终揭开了修女的面纱，让我们一览其真容。

图 3-10　南迦巴瓦峰金光闪耀

两条山脉之间的斜坡上，几十头牦牛三五成群，摇晃着长长的尾巴，安静悠闲地啃着渐变枯黄的草，无视嘈杂的游人。半山腰以上为青黛色，半山腰以下连片的牧场从淡黄色过渡到深黄色，好一派如画般藏南高原风光！

高山之巅，天气瞬息万变。乌云骤然集合，多情的太阳雨滋润着藏南。高山的彩虹，是淡淡水雾中的一抹胭脂，如洗尽铅华的羽化仙子，刻意回避人间凡夫，惊鸿一现，飘然而逝。

高原的美丽转瞬即逝。

雅鲁藏布江大拐弯处，小华、晓莉不知疲倦地捕捉美的瞬间。秀莲多次摆弄被风吹散的长发，在嘎定神山瀑布下挥舞彩色丝巾，在文成公主所植千年桑树下向远方深情眺望，在高原山水间大肆释放情绪。

图 3-11 那根拉山口五彩经幡

沿拉林高速一路向西爬坡，山的青绿渐渐转成土褐色，几处丛生的植物倔强地与干旱、荒芜抗争着。

低垂的蓝天仿佛触手可及，几片散落天穹的白云轮廓清晰，立体感强，蓝天白云在此仿佛唾手可得。

我走过羊卓雍措、布达拉宫、大昭寺和纳木错，一路风景一路诗。

那根拉山口寸草不生，横空而立的五彩经幡噼啪作响，日夜与凛冽的寒风激烈搏斗。压实帽子、戴好墨镜、竖起衣领的晓莉紧挨着大石碑，许久才完成了一个挥手的动作。四哥、秀莲一路靠吸氧才爬上了海拔5190米的山口，俨然战胜高寒缺氧、脚踩世界屋脊的坚强战士！

图 3-12　作者在纳木错湖遐想

瘦小的导游小申，少女时代丧母后随父戍边西藏，自称刀子嘴豆腐心，并调侃自己脸上的黑斑、多年来的胃病全仰仗旅游事业。从对西藏对父亲的叛逆到热爱，她将自己的故事娓娓道来，成了抗"高反"的一剂"强心针"，催生了旅客奋勇向前的精神力量！

图3-13　纳木错湖畔

墨竹工卡县塔巴村的央金将头发盘起，黝黑的脸庞不施粉黛，身着一袭花色套裙的她是村里响当当的藏族女导游。

一家三口与夫家十二人同住在一个院子的四间土房里，其中半间供奉佛龛，其余三间和半间厨房都有连排坐凳兼床铺，简陋狭小的厨房有几个锅碗瓢盆，近年才添了一台煤气灶，一家人在这里生活了多年。

央金风轻云淡地说着家事和村里的事。屋顶常年飘着五彩经幡，小宅院大门敞开，欢迎游人免费参观。

文成公主庙里的转经筒与青翠的松柏各自成排，肃穆庄严，松柏枝叶在煨桑大炉里噼噼啪啪作响，村民教游人烧着特制的香火，感恩千年前文成公主传授种桑技术。黑白花斑奶牛和黄牛在村口的草场悠然自得地啃着青草，又是一幅藏南风景画！

图3-14 塔巴村藏族人家

前往苯日神山的路途崎岖，三步一拜、五步一跪的藏民绵延不断，结伴而行的喇嘛手持木棒当拐杖，无喜无悲。

几百里的路日夜兼程，风雪无阻，只为与你相见。

至高无上的布达拉宫，见证了政教合一的历史，也经历了腥风血雨。

桃溪浅处

图 3-15　高高在上的布达拉宫

图 3-16　大昭寺朝圣者络绎不绝

布达拉宫是统领雪域、万众仰慕的高原建筑，大昭寺则是教徒日夜膜拜的藏传佛教圣地。

西斜的阳光照着红墙白瓦，大昭寺金色的塔尖熠熠生辉，宏伟壮丽。

干旱少雨的高原，荒凉是常态，常年不化的冰雪点亮了拉萨百里千里外的神山。

这离天最近，太阳星辰最大最亮的地方，盛开的格桑花，翱翔高原的鹰，煨桑的气息，殿堂香火的氤氲和经久不衰的诵经转经声，时时在敲响敬畏生灵、敬畏神明的警钟。

西藏，去一次就够了。

2020 年 11 月

仙霞湖山水之恋

昨日处暑，在老天爷持续"高烧"的初秋，我又开始怀念远离尘嚣、湖水碧绿的仙霞湖。

仙霞湖就是距离绍兴五百里的衢州市衢江区湖南镇水库，串联衢江区、遂昌县、江山市，曲折绵延几百里。

近十年来，我每年趁着去衢州看望老同事、老朋友的机会，遍访浙西山川名胜，最难忘的还是仙霞湖戏水。

2018年盛夏首次邂逅仙霞湖后，我每年盛夏都要去一趟，一待就是一周，与她朝夕相处，难分难舍。

图 3-17　上海游客畅游仙霞湖

每天早上六点左右，东山旭日欲升未升，但朝霞已经将湖面点亮。从养禄农家乐南边小路尽头下水，踩到的沙子是那么细腻柔软，水温也刚刚好。但今年湖中心水面下一米深处的水体感明显没了往年的凉，持续个把月的太阳暴晒，高山水库也怕热了。

难得有风平浪静的时候，不用担心呼吸时水呛进鼻腔嘴巴，仰泳两百下，再蛙泳两百下，最后自由泳两百下，如此反复。我如鱼儿般自由自在畅游了半小时左右，这时，刚刚爬上东山岗的朝阳就露出了笑脸。

图 3-18 仙霞湖晚霞满天

清晨的阳光格外柔和，太阳照耀下的湖面开始微波荡漾，绿如翡翠的湖水缓缓地拍打着岸边，"吧嗒吧嗒"响个不停。

臀部吊着红色"跟屁虫"的我在湖面上一起一伏，在辽阔的山水舞台上唱着独角戏，无意之中却成了养禄农家乐观景台看风景人眼中的一道风景。有一天晨泳时，偶遇从另一座无植被湖心岛露营归来的一对玩伴，他们是当地水上救援队的骨干，他俩的桨板水上漂成了湖边游客念念不忘的美景之一。

太阳直射下的仙霞湖是一幅美丽宁静的山水画，近处碧绿的湖水好似一块天然的翡翠，远处青黛色的群山连绵起伏，层峦叠嶂。

每天晚餐前，西山满天的晚霞向湖面投射下万道金光，波光粼粼的湖水到处跳跃着金色的"音符"，使辽阔的湖面色彩变幻万千，周围的群山一下子失去了白天亮丽的青黛色。来自上海的原铁人三项冠军沈善根虽已到了古稀之年，却仍和他的朋友各自划着桨板从山水画中飞驶而来。

我在这样美丽的黄昏再次下水，晚风往往比晨风大，即使湖水呛进口鼻，我也会愉快地将它当作天然矿泉水咽下，并重复晨泳的路线与节奏。晨迎朝晖东起，暮送夕阳西下。

秀君迎风而立，双手握着单桨轻飘飘地左一下右一下地划着桨板。也许嗅到了风云突变的气息，她抬头看了一眼天空后，迅速把旁边套着游泳圈像小鸭般扑腾的小女孩乔乔拉上桨板。

晴空万里的湖面上突然聚集了许多乌云，紧接着风挟带着雨从远处逼近。桨板、气垫圈被暴风骤雨打翻，巧仙在暴风雨中心已经筋疲力尽，"跟屁虫"泄气后她发出求救声，周边的几个人有的想过去施救但都被风雨阻挡。

"阿姨，怎么没听见仙妈妈喊救命的声音了？"乔乔好奇地问，秀君东张西望后没回答乔乔，只大声告诫她必须紧紧抓住桨板上的绳扣子。

还好，风雨在湖面上折腾了半个多小时后结束了，巧仙搭上附近泳客的"跟屁虫"时已四肢无力、脸色铁青。事后，她说当时如果暴风雨再持续十分钟，她很有可能就溺水而亡了。每当提起那次事件，大家对于仙霞湖突然发作的"怪脾气"都心有余悸。

图 3-19　七旬哥俩水上漂

方圆百里的仙霞湖既有好山好水，也有众多好景和好住处。其正南方连接着千佛山景区，东南、东北方向分别连接着湖山森林公园、天脊龙门景区，"月明仓屋"就在天脊龙门南翼双峰尖下。

在一排由泥墙木结构谷仓改建的民宿前,两边各有一棵桃树笑迎天下客。一方梯田上建了两个月牙状的露天泳池,那水蓝得正好,没有一丝涟漪。阳光正好,风过无声,躺在涧边草坪上感觉十分惬意。

图 3-20 "520 星空包厢"畅饮

主人张兄也是拿了多年粉笔的人,他在民宿前的溪涧上筑了一座石拱桥和一座石板桥,在石板桥上安放了一张玻璃桌子和四把藤椅,于是这里便成了网红"520 星空包厢"。看到我们一来就落座在网红包厢,他直夸我们与这里有缘。

张兄讲述了太公在此地给地主家谷仓当长工的故事,讲述了自己请杭州一家企业设计改造并管理这一片祖传老屋,遂了父亲心愿的诸多经历,话越说越多,越说越投机。他干脆拿出自家秘制的瓶装黑桃烧酒,与王吕、春群、学慧和我一起对饮起来,酒酣过半,欢声笑语飞向山谷外面的仙霞湖。

图 3-21　衢江与遂昌交界附近群山

酒足饭饱后,张兄带路,大家向双峰尖挺进,游芭蕉园,看天鹅峰,观百丈瀑布,我驻足于百年土窑前,流连忘返。躯干弯曲成多个环状的油茶树,几棵巨大的柿子树、枫树、板栗树零零散散地扎根于山岙之中。红的、绿的、黄的树叶长了又谢,为山峦点缀了无限风光。百年前此处不通公路,先民们在此开天辟地、种植作物、繁衍生灵,需要多么大的勇气、智慧与力量!

结识月明仓屋,是一场意外的惊喜。两年前的那个初秋中午在举村乡唯一农庄吃了闭门羹后,我们在道口边看见一块标有"景区"字样的木牌子,便抱着上山探险找饭吃的心理,在山旮旯里弯弯绕绕一直向上,最终抵达了月明仓屋。

图 3-22 洋坑朴原外婆家

去月明仓屋之前,先是与举村另一个民宿品牌——洋坑村朴原外婆家结缘。建在陡峭山坡上的千年古村落大多白墙青瓦,处处有景观灯,点亮了山沟沟里乡村旅游的招牌。我们把一束鲜艳欲滴的江南龙竹和一小株花蕾初开的映山红,插在了外婆家天井上方二楼窗台的青花瓷上。这座百年小四合院瞬间生机勃发，绿叶烘托的红，与窗台外的一方蓝天白云、远山青黛遥相呼应。

躺在摇椅上欣赏这座木结构古宅，似乎在与古代隐居此地的达官、儒商对话。色彩几乎褪尽的一楼厢房、二楼主房和飞檐翘角曾经流光溢彩，高高挂起的红灯笼随处可见，天井旁清脆的风铃天天为抚琴的女子鼓掌。

"嗖嗖、嗖嗖""嚓嚓、嚓嚓"，村外阵风掠过大山谷，竹海中无数青影摇曳。我愿化身席地而坐的长袍道士，期待百年前的江湖侠客穿越时光而来，只为品茗论道时相对一笑。

几处山坡长满茅草，四周群山环抱。走上盘龙含珠似的小山头观景台，天地尽收眼底。

在坑下小山沟里随意行走时，竟然发现了一处小瀑布。溯溪而上居然有一座玻璃桥，另一道路沿溪而上连接洋坑村，沿溪而下则通往西边的仙霞湖。

外婆家、月明仓屋邻近仙霞湖，创办才几年的民宿也因湖光山色而魅力无限。仙霞湖的出现才半个世纪，在周边千年洋坑、千佛山、万年天脊龙门的加持下，她才出落得如仙子般超凡美丽。

2022 年 8 月

浙西情结何时了

余晖脉脉，青山环抱，绿水含情。浙西南深山老林的水甜，空气更甜。

一个人漂浮在龙游县沐尘水库的水面上，在深山冷岙中静悄悄地度过2021年国庆节。28年恍然如梦，每隔几年回一次龙游，次次都醉倒在她的怀抱之中。当年的黄铁矿黄泥山生活区被溪口镇政府接管后换了模样，成了省内小有名气的未来社区样板。龙游的新朋老友、风土人情和历史文化，知之愈多爱之愈深，像一杯清香醇厚的荞麦烧酒，每次喝了都会让自己的心情敞亮。

昔日黄铁矿职校当家人一伟兄抱着一岁多的外孙，带着山东亲家和女儿女婿从龙游庙下老家赶到黄泥山来叙旧。自号"浙西山人"的他20年前调到嘉兴后仕途顺畅，书画技艺精进。临近花甲的他谈吐之间依稀可见当年羽毛球场扣杀的霸气和酒桌上畅饮几大碗的豪气。

自称"啥也不是"但样样会的志明兄，年幼时因患病导致一只脚残疾，他把一辈子献给了矿山后勤服务工作，退休后仍然坚守人去楼空的黄泥山。改革开放后，他曾凭借能吹出嘹亮歌曲的口哨多次到东南亚和东欧演出，他写的《最后看中我》一书记录了一位溪口姑娘爱上他这位残疾文艺青年的真实故事。国庆长假第五天，他拿出那本封面已经发黄的书让我留言，我在已有密密麻麻的众多留言中找到一点空隙后写下了"吹拉弹唱样样会、老当益壮事事通",奉劝他用豁达的态度对待现实生活的一些不如意,鼓励他主导的"纤云弄巧"戏曲班继续办下去。得知我还没到过周边的宋朝状元刘章故里寺下村,志明硬是一瘸一拐地陪我去参观了刘章为母祝寿而建的贺羊桥遗址。陪玩过程中他始终将放有竹笛的小布袋挎在肩上,说是时刻提醒自己别忘记戏曲班的朋友每晚都在等着他。

图 3-23 龙游县寺下贺羊桥

龙游也是我初中同学方法的第二故乡,他走出龙南山区进入仕途后风生水起,长期在衢州工作。每次去浙西游山玩水时,我都不忘联系他，见个面。每次见面皆有在故乡相聚时的亲密无间。当年我在龙南山区为前途迷茫时，他给予的温暖陪伴我一直铭记在心。

1988年，我在龙南山区度过的那些青葱岁月、那些日子不堪回首。那段时间，我总是鼓动大山里的学生出去看世界，而自己却在留学梦破碎后悄悄溜走。

黄泥山红楼寝室窗外洁白如玉的栀子花，是五六月最闹心的存在，常常撩起从四面八方来矿里工作的单身青年一阵骚动。有几个初夏的夜晚，寂寞无聊的我会拿起竹笛，吹几首不入调的流行歌曲，倾诉一下哀怨悔恨的情绪后，深夜才会勉强入睡。不想一辈子在"幼稚园、养老院"般安乐窝挥霍青春的我，在黄泥山工作生活了五年后就毅然赴异地闯荡。

灵山江江面宽阔，江水四季哗哗向北流。硫铁矿染成的铁锈般的色彩，曾让我望而却步，但在江边田间晨跑、饭后打球、夜抓黄鳝、每周上七节课的往事，回想起来还是有滋有味的。

职校老同事仁华两口子也从宁波驱车来龙南寻找美好回忆。在我鼓励下，不会游泳不爱爬山的他俩，第一次陪我去水库游泳，第一次登上了海拔1390米左右的六春湖（绿葱湖），站在"三衢在望"石碑附近不停地拍照留念。我对第二故乡既熟悉又陌生，28年前错过的乌石寺、灵山老街、徐偃王庙、三门源等山水与人文胜地何其多。我们仨穿行在蜿蜒的竹海小径，贪婪地呼吸着新鲜空气；徘徊在仿古建筑林立、旧石板油光发亮的老街，欣赏白墙青瓦与寺庙的飞檐斗拱，神采一直飞扬！

近十年来，我与职校老同事樟林、王吕、巧仙、雅芬、仁华等五上六春湖，也曾带领笔友冬游六春湖，每次都会在山之巅疯玩一个多小时，踏遍众山头。

图3-24 龙游县溪口黄泥山灯光球场

六春湖非湖，而是山顶的一处火山口，形状像小池，池内时常有一些积水。六春湖是盘踞在龙游县、遂昌县和衢江区交界处的一条巨龙，上可仰视八方苍穹，下可俯瞰众多山川与人间烟火。

近二十年来，与方法等初中同学相聚开化钱江源头，飞奔直

141

上常山石林；独上仙霞关岗亭，感悟一夫当关的气概；两度寻觅江郎山仙踪，畅饮山涧水；与王吕、秀莲、春群跃上天脊龙门通仙桥，赞叹群山银装素裹分外妖娆；陪友人探寻药王山千年传说，竟然不知归途；独立乌石寺山巅，金衢盆地尽收眼底；连续四个盛夏驱车五百里，直奔仙霞湖，遁入湖光山色成"神仙"。

图 3-25　浙西南六春湖山脊连绵

梦里醉乡时光好，浙西情结何时了？去衢州每次都会酩酊大醉，不是醉倒在大气磅礴的山水风景画里，就是醉倒在新朋老友的浓浓情谊中。

东游西游不如去衢州去龙游，因为那里有明月解乡愁，有今日"红花"别样红在等着你去感悟。

2022 年 8 月

剡溪旧时光

剡溪是浙江省绍兴市嵊州市的母亲河，由澄潭江、新昌江、长乐江和黄泽江在城区汇合而成，为曹娥江上游主要河流。剡溪由南向北流入上虞境内后称曹娥江，曹娥江汇入钱塘江后流向东海。

嵊州市（原嵊县）码头渡口的历史悠久，地处三县交界的嵊州三界镇，千百年来一直是水上通商要道，曾拥有5个码头。中华人民共和国成立后不久，又在县城剡溪东桥下方建成东门码头，在长乐江浦桥段筑砌货运埠头，在为过往商人和村民提供便利的同时，也养活了一方人。

三界渡遥想

台风"烟花"过后，曹娥江上游三界段水位基本恢复正常，略显混浊的江水轻轻拍打着岸边防护堤坡，晃荡起停泊在江岸的一艘钢制小客轮。

盛夏的午后阳光炙热，微风徐徐吹过，宽广的江面上，水面波光粼粼。小客轮摆渡人老吴，顶着烈日在船头整理缆绳、打扫卫生，做着迎接乘客上船的准备工作。他在剡溪摆渡了三十多年，在现存唯一渡口——三界渡的这艘渡船上坚守了五个春秋。

每日或有人过江探亲，或有人过江耕作，多则五十余人，少则十余人。2022年上半年，嵊州交通部门将三界渡修葺一新，新砌的亭廊为过江乘客避风遮雨。

渡口附近建有一个港航管理码头，其上游不远处正在建设嵊州历史上第一座现代化码头（绍兴港嵊州港区中心作业区6个500吨级泊位）、第一座船闸（清风船闸），即将动建水上搜救中心（水运管理用房）等配套服务机构。

"越女天下白，鉴湖五月凉。剡溪蕴秀异，欲罢不能忘。"

杜甫笔下的剡溪亮丽千年后陷入沉寂，一度空对清风朗月、远山青黛、沙洲白鹭。水运复兴之际，我伫立江畔，背对夕阳，遥想千年，似乎看见王徽之乘一叶扁舟，从曹娥江上渡口逆流而上来拜访他的好友戴逵。

千年诗路魅力

"湖月照我影，送我至剡溪。"

"此行不为鲈鱼脍，自爱名山入剡中。"

三次投入剡中（古称剡县，现为嵊州市）怀抱的李白，最欣赏的就是剡中溪水清澈、名山云集。浙东会稽、天台、四明三大名山在此盘结，清流环绕，奔腾有声，汇聚成剡溪，两岸风光如画，有东门、艇湖、竹山、禹溪、杉树潭、仙岩、清风、嵝浦、鼋头渚，统称为"剡溪九曲胜景"。自东晋以来，剡溪为仕场失意的士大夫和文人的首选归隐之地，它的灵秀、隐逸，反复萦绕在文人墨客的心头、笔尖。

剡溪为曹娥江上游嵊州三界镇至城关段之名，其支流有黄泽江、新昌江、澄潭江和长乐江。船舶可沿剡溪下行经曹娥入鉴湖，再通钱塘出海。千百年来，文人墨客大多由此航道逆行入剡。

书圣王羲之结缘剡溪后，晚年定居于金庭，六拒帝诏，因其居所美如画堂，故有了羲之后裔群居的千年古村——华堂村。

书圣第五子王徽之，弃官后住山阴（绍兴），雪夜访戴（雕圣戴逵），经宿方至，造门不前而返。人问其故，徽之曰："本乘兴而行，兴尽而返，何必见安道邪！"彼时的名士、书法家，是何等潇洒和放达，魏晋风流可见一斑。

东晋至刘宋时期大臣、旅行达人谢灵运，出生于会稽郡始宁县（今上虞南部至三界镇一带）。祖父谢玄择地嵊浦（剡溪口），建始宁墅，方圆辽阔，巧夺天工。

谢灵运年少好学，博览群书，工诗善文。成年后长期在外地任职，贬谪永嘉等地，归隐剡溪时创作了《过始宁墅》《山居赋》等大量山水诗，辑有《谢康乐集》。剡溪及其周边的嵊山、嵊山、石门山、覆卮山、太平山、四明山、天台山，皆入其诗篇。为了便于走山路，他每次登山都穿上前后齿可装卸的木屐，上山时便去掉前面的鞋齿，下山时则去掉后面的鞋齿。该鞋被后世称为"谢公屐"。

盛唐时，众多诗人络绎入剡览胜，留下众多脍炙人口的诗篇。继"诗仙""诗圣"之后，崔颢在《舟行入剡》、王十朋在《剡溪春色赋》中分别写下了"青山行不尽，绿水去何长""气聚山川之秀，景开图画之齐"等咏剡名句。

宋时，陆游年少便游历剡溪，其《夜坐忆剡溪》中"便思泛樵风,次第入剡县。名山如高人,岂可久不见?"等诗句,足见情深意长。辛弃疾慕名来剡时写下的《鹧鸪天·莫上扁舟向剡溪》,也表达了在剡溪两岸体验生活的乐趣。

元朝赵元、黄公望分别留下传世名作《剡溪云树图》《剡溪访戴图》,至今仍为有关博物馆珍藏。

明朝陈仁锡、王思任分别在剡溪写下了游记散文《剡溪记》《剡溪》,以狂放豪情、俊赏逸怀共同绘出了剡溪山水画卷。

时光荏苒,悠悠千载,竹筏、木舟载着一代又一代的文人隐士入剡,书写着山色与情怀,描绘着水墨与光阴。

几度潮起潮落

船工一俯一仰,左右的船桨响个不停,与拍打水面、溅起水花的声音合奏,在辽阔、寂静的剡溪演绎千年。

旧时车马慢,舟行更慢。

仕途失意的士大夫、创作困顿的文人,不远千百里入剡,为的是远离尘世喧嚣,悄然走进山水风光秀丽之地"疗伤"。剡中始宁风骨、嵊浦潭影、嵊山谢公屐痕、剡山夜月、毕功了溪、西白山、天姥山等名胜古迹和有关刘阮遇仙、雪夜访戴的传说,自隋唐起,让写出"越调管吹留客曲,吴吟诗送暖寒杯"的白居易等大师驻足忘返。越女的笃弹月,水袖拂云,一弹流水一弹月,半入江风半入云,更让人潇洒自如、放荡不羁。

清末民初,剡溪上逐渐出现小火轮、木帆船等专营客轮,班次多,且载客量大。货物大多由木船、竹筏沿剡溪航道进出,运出茶叶、蚕茧、白术、烟叶、竹木柴炭等，运入绸布、盐、明矾之类杂货。

图 3-26　嵊县航运公司干部 20 世纪 60 年代合影

中华人民共和国成立后，有 16 艘木帆船在剡溪经营客运。1956 年，因旅客日减、上游航道失修、通车公路增多，陆运成本降低，水路运输逐渐没落，除渡船客运外，航船客运中止。个体经营的货运接受了集体化改造，全县曾有水运行业组织八个、专业人员七百余人、木帆船约百艘、竹筏百来张。

20 世纪 60 年代，马岙船舶修造厂自制了机船并投入运营，货运始用机船拖带，为嵊县丰富的砂石等建筑材料进入苏沪市场提供了便利，每年 20 多万吨黄沙外销。

20世纪70年代，陆续出现的自制水泥船取代了木帆船。改革开放后，曾组成300吨位钢制船队，满载建筑用砂，途径江浙沪两省一市水域，历经四昼夜抵达上海，回程物资有煤炭、钢材等。

与此同时，个体船舶经营复燃，20世纪80年代成为剡溪货运史上的鼎盛时期。

20世纪90年代末，因黄砂资源枯竭等，集体船队经营亏损后被全部注销。

21世纪以来，剡溪上仅剩下几艘个体船只短距离运输砂石，运载量也明显下降。

剡溪最早的渡口，为南北朝时的东渡、南渡、西渡。宋嘉泰时有渡口4处，明万历时有渡口13处，清同治至民国十年有42处。

1955年，剡溪沿岸常年渡口有13处，桥渡33处。1985年，渡口减少至8处，最大的三界渡有3只机动船，日均来往过渡千余人次。

2000年底，渡口减少至7处，渡船多由木质船更新为水泥船后再更新为钢质船，最大的白沙渡日均渡客600余人次。

近20年来，城市化、工业化进程加快，逢山开路、遇水搭桥，公路、铁路和航空等交通网日益完善，老百姓的出行变得愈发方便快捷，渡口逐渐失去了存在的意义和价值。

2006年以来，竹山、里钧、马岙、白沙、黄沙潭、东鲍等六个渡陆续撤渡，退出了历史的舞台。如今，仅有三界渡仍然在见证时代变迁，船渡似乎成了时代的眼泪。

盼人文复兴

"剖竹守沧海，枉帆过旧山。山行穷登顿，水涉尽洄沿。"

"忽思剡溪去，水石远清妙。雪尽天地明，风开湖山貌。闷为洛生咏，醉发吴越调。"

"香暖处，酒醒时，画檐玉箸已偷垂。笑君解释春风恨，倩拂蛮笺只费诗。"

昔日的小渡口是剡溪旧日时光的剪影，三段诗句分别折射了谢灵运回始宁墅时跋山涉水之艰辛，李白梦回剡溪的逍遥快活，辛弃疾面对越乡歌伎舞女的痴情缠绵。

上了年纪的人，对于小渡口的消逝，旧时逍遥自在慢生活的远离，不免发出声声叹息。

剡溪水运短暂衰落的局面即将被打破，根据嵊州市有关水运、水利、旅游中长期的发展规划，500吨大货船明年便可驶入剡溪三界段，五年后可驶入剡溪城关段，境内船舶通江达海不再是梦想。剡溪小型客货码头及剡溪支流黄泽江、澄潭江等水运基础设施建设也提上了议事日程。

大小货运、旅游码头替代小渡口已经势不可当，轻快的游艇和奢华的游船将成为剡溪的一道风景线。

隔着千年光阴，行走在"诗画剡溪"的绿道上，拜访谢公始宁墅，参观书圣华堂，向往旧时士大夫、文人在剡溪两岸宣泄的逸趣雅致。

如今，剡溪正奔涌着水运复兴的浪潮，期盼一批又一批类似"书圣""诗仙"的大师不远千里万里，自杭甬运河经曹娥南下踏歌而来，乘兴而至，兴尽而返。

（2022年10月《中国水运报》刊载）

爱上山头

那呼啸而过的风，两旁的一草一木，山顶偶尔出现的人家，都在为我喝彩。

我是逐日的夸父，是乐山的仁者，是飞越一座又一座山头的神鹰！

有一天，太阳藏匿，细雨飘散，山上游荡的云如同迷失方向的心，失魂落魄，漫无边际！我欲哭无泪，仍然追赶着太阳的方向，不愿停下飞跃的脚步，直到天色昏暗。

城隍山，舜皇山，轮盘山，四明山，山山涧水长流，芳草萋萋，春夏秋冬景色迷人。我喜欢飞跃而上，用脚步和汗水虔诚地祭拜山神。

过往的岁月何其蹉跎，远去的烦恼是那么苍白，曾经匆匆的脚步显得那么乏力，一切都在今岁初秋时节顿悟。

心不诚则事事难成，心不强则事事难圆满。内心的强大有时需要肢体的鼓励，肢体强健一直守护心灵不倒。一位西方哲学家曾说，爱情是精神与身体的结合，心体合一才能创造奇迹。

爱上山头，放飞自我，心灵从俗世中得以释放，日子不再漫长，不再计较那些日常得失。也许身体把心灵安顿好了，心随形走，身心合拍，人间的奔波才会轻松快乐！

2015 年 9 月

桃溪浅处

一个美丽的传说

雪莲花

盛开在年少懵懂的季节

在无人喝彩的角落

唯有烈风呼啸

唯有太阳抚慰

唯有冰雪滋润

唯有寂寞与贫瘠的土地

才能生长出冰清玉洁的雪莲

岁岁年年的凛冽

日日夜夜的历练

最终成就了你

扎根在千万年的高原

你是远古的使者

又是今世圣洁的仙子

你的孤独

太多的人不会欣赏

你的容颜

太多的人不敢期盼

你是凡夫俗子的幻想

你是谦谦君子的象征

你始终离天最近

　　离地最远

你始终是山之巅

　　地之寒

一个美丽的传说

图 3-27　雪莲花在高山之巅盛开

2005 年 10 月

游九寨有感(二首)

雪中九寨颂

九寨之水天上来
圈圈点点映五彩
琼浆玉液层层瀑
银龙舞雪处处海

九寨沟

越过千山万水
只为你岷山的惊鸿一现
雪花朦胧,万分冷艳
片片玉树琼花
是你的衣裳
点点小树红叶
是你脸上的胭脂
十里湖泊,千丈溪流
是成串的玛瑙翡翠
在你奔流时唱响

无论是山的崩裂

还是水的挤压

你的山脉是

坚挺依旧的脊梁

你的溪水是

永不休止的脉动

白色钙泥成就的

众多哈达

一挂就是几万年

你是远离尘世的童话

有张笑不语的脸庞

2005年10月

桃溪浅处

梦回大庸

沅有芷兮澧有兰
峡谷为床榻
芳草为伴侣
溪水潺潺
斗篷山飘然而下的屈子
醉卧武陵山
荆楚胜地，自此名扬千年

乌龙寨，鹞子寨，黄石寨
寨寨齐呐喊
金鞭溪，仙女溪，五里溪
溪溪皆合唱
九天洞，黄龙洞，龙王洞
洞洞藏壮士
张家界，杨家界，袁家界
界界响风雷

红旗满山遍野
只为山更青，水更绿
大庸儿女斗志昂扬

天堑成通途
奇峰秀林，百里画廊
神仙也叹，换了人间

2022 年 9 月

儿女自古情长
——访浙西深山古宅有感

云知道
长街上三步一回头
五步一翘首的青年
心里思念着谁

风知道
阁楼上张望码头的喇叭花
为何总是矜持的模样

帆知道
灵溪江流淌了多少相思的泪
铮铮铁蹄一路向北
踏碎了四季未更替的思念

历史的天空
飞翔着千年鸿雁
驿道上匆匆的身影
带走了无尽缠绵

没落的夕阳

西窗的芙蓉

红了多情的楼台

让八百里外七尺男儿

贱卖了行当

丢弃了千里江山

图 3-28 龙南大宅院阁楼窗口喇叭花

2021 年 10 月

桃溪浅处

伟大又柔和的力量

山头云雾缭绕

湖面水汽氤氲

淡淡的

如一层薄薄的轻纱

很快消散无形

仙霞山砂石与草木

深山冷坳默默劳作的巨匠

无形无声中

用尽千万年功力漂染

成就数千公顷的湖水碧绿

上海晨泳者,七旬桨板健儿

劈波斩浪

通透的光芒

使水下玛瑙闪亮

两个平行世界因你串联

新生的万道朝阳

铺天盖地

静悄悄地
以绵绵无尽的力量
拨开了人间迷雾
生命在这晨雾之中柔和地变幻

2022 年 8 月

桃溪浅处

辛丑仲秋再游举村

两树桃花迎君来
月牙池田别心裁
芭蕉园里看明月
天鹅峰下赏竹海

月明仓屋懒洋洋
黑桃美酒醉心肠
抛却过往遗世立
回眸一笑岁月长

云水举村千年久
盘龙含珠云漂流
江南女子多窈窕
洋坑外婆老来秀

2021 年 10 月

第四辑

身边故事点滴汇

当记者的那些光辉岁月

人生最大的财富是读万卷书、行万里路;最大的幸福是助人为乐,是身心健康。

1996年至2011年的记者生涯,是我一生中阅历最丰富、帮助群众最多的十五年,也是工作上最有战斗力、最难忘、最幸福的一段岁月。

铁肩挑道义

记者是一份光荣又崇高的职业,但要当一名领导满意、观众点赞的好记者并不简单,不仅要扛得起新闻传播责任的大旗,而且得有一种敢为基层群众发声、伸张公平正义的精神。

当记者的第四年,部分底层百姓的疾苦、少数企业遭受的不白之冤最让我揪心,在恻隐之心和打抱不平心理的驱使下,我放弃面向政界、企业界较为讨巧的时政新闻、经济新闻采编,带着实习生勇敢地去啃"批评性报道"这块硬骨头,无视有的同事在背后嘲笑:"这个人真傻,这种吃力不讨好、得罪人的采访也会去做。"我采编的一些批评性报道播出后受到了观众的广泛好评,也促成了有关问题的解决。凭借在新闻舆论监督方面独有的一股冲劲、韧劲,20世纪末21世纪初,嵊州电视台领导放手让我负责首个新闻舆论监督栏目《新闻视点》的采编工作。我曾经带着主持人宽宽、摄像斌斌迎难而上采编了《东阳三单乡青石板加工厂"牛奶水"污染嵊州丰潭水库多年》《民爆物品企业非安全区内油漆涂料加工厂长期未搬迁》《村里占用自家宅基地后未兑现补偿承诺》《重大基础设施建设现场脏乱差》《电信通信费被多收了几百元》《未成年人在网吧畅通无阻》《小学门口兜售游戏卡与香烟》等节目。虽然曝光这些问题时,少数当事人强烈对抗,如抢夺摄像机、破口大骂等,甚至遭到个别曝光对象的威胁,但所幸如实采编的节目播出后,大多数相关问题在较短时间内得到了解决。

2003年底,台里人事调整,指定我去当市长随行记者。我又开始在时政线忙了四年之久。时政线虽然风光,但毕竟工作量少,节奏又慢,我心心念念的还是为民请愿、打抱不平。

图4-1 2001年11月在云南丽江采访

风雨兼程又三载

"您好，这里是《帮忙三人行》，有什么事情请讲……嗯，我们已经把你反映的事情登记下来了，我们会联系政府相关部门尽快解决你们那里的安全隐患。"

民生新闻栏目《帮忙三人行》自2008年初夏筹办以来，打热线电话求助的人几乎每天都有，求助的内容主要涉及企业经营和群众日常生活遇到的一些急事和难事。

《帮忙三人行》每周一至周五晚黄金时段播出，也对群众通过"市长热线""帮忙热线"反映的有关问题进行舆论监督，向求助的有关企业和群众提供帮助。

我们栏目先后播出了《空中索道的安全隐患》《住宅墙体开裂》《岂能私自开办焚烧废旧轮胎的企业》《两湾新村水库坝体有安全隐患》《交房延期，业主要求开发商赔偿》《农民工向企业讨要拖欠工资》等众多影响力巨大的节目。

部分观众是在向有关单位求助遇阻的情况下找上门的，那些事情解决之难可想而知。

刚参加工作不久的小柯去采访强势的当事人时被骂哭了，回到办公室后边擦眼泪边写稿；冲劲十足的小鹏紧盯有关部门对于相关问题的表态，但多次联系这些部门采访被拒后心情郁闷了好多天；有些单位负责人数次要求我们栏目不要播出有关批评性报道，被拒后直接威胁节目主创人员。

图 4-2　2009 年 7 月采访山东德州寻亲者

在开展舆论监督的同时，栏目组也积极动员社会力量开展新闻行动，通过举办"帮企业解决招工难""向困难群众献爱心（送温暖）""帮外来务工人员快乐过节""帮留守儿童度过快乐暑假""帮失散家庭寻亲"等大型公益活动，借助有关单位力量，努力解决群众的问题，向社会传递人间大爱。2009年夏天，我和摄像锋锋联合"大海捞针寻亲网"负责人，远赴山东充当寻亲志愿者。我们乘上寻亲大巴，与嵊州、新昌和台州等地三十多位寻亲者、志愿者，辗转于山东德州市、济南市、潍坊市和青岛市，利用我们掌握的线索，在当地寻亲志愿者协助下，走访了当地五十多户农村家庭和十多户城市家庭，满怀热情地陪着白发苍苍、行动不便的寻亲者行走于齐鲁大地，致力于找回他们失散多年的亲人。

可现实毕竟是残酷的，失散亲人资料大多都残缺不全，寻亲之路相当坎坷。找不到故乡的寻亲者诉说着三十多年来对远方亲人的相思之苦，让拿着话筒的我眼里噙满泪水。

在节目采编播放过程中，我也曾扮演多个角色，有时充当题材策划师、采访联络员，有时客串记者、摄像，有时担任驾驶员，有时担当节目播出前后各方势力冲突的"消防员"。

感恩十五年中遇见的每一位领导与同事，同事们夜以继日联系有关单位解决群众困难的节目采编播画面至今历历在目，值得一辈子珍藏，我和昔日同事们应该为曾经的光辉历程感到自豪、骄傲。

（2021年11月《交通旅游导报》摘要刊载）

民生之重重千钧

热线电话每天都会响起,不管你心情好坏,上班还是休息,在路上还是在采访。

原本坚强勇敢、热情奔放的小马、小瑾,两年下来瘦了一大圈,脸上的笑容少了,平添了许多忧愁。

热线的那头连着千家万户,督促我们为遭受不公平待遇的人群伸张正义,敢于为他们讨个说法;敦促我们在同情遭遇不幸的求助者的同时,想方设法为他们排忧解难。

热线电话如同千钧重担,赋予我们太多的责任和义务,要求我们替求助者持续跑腿并反复交涉:不停地接电话和接待求助人员,不停地联系有关单位和当事人,不停地采访、编辑和制作节目。

热线电话驱使我们走进了冬天的山之北、江之阴,直面风霜雨雪;热线电话驱使我们在盛夏烈日之下,走进田间,帮助农民实现"双抢"。

如果没有求助者问题解决后的一声又一声"谢谢",如果没有办公室墙头挂着的一面面锦旗,如果没有肩挑道义、为民请愿的正气,如果没有善于安慰自己辛苦付出的阿Q精神,热线电话就会成为烫手山芋,我们的节目也不会继续下去。

热线电话代表着职业的神圣与崇高,也在改变着我与其他九位帮忙的记者。我也在想,为什么热线电话逐日增多?群众的忙越帮越多,说明我们的民生新闻节目接地气,迎合了群众解决急事、难事、烦心事的强烈需求,反过来,帮忙解决的事越多,收视率越高,求助的观众自然增多。

如何分清新闻媒体帮与不帮的界线,如何借助有关部门来帮更多群众,如何依法依规、合情合理地去帮助弱势群体维权,是打响民生新闻栏目品牌、提升民生新闻品质必须正视和妥善处置的关键问题。

2010年12月

战友，请珍重

冥冥之中，我与五月结缘，在五月份发生的"大事"可谓不少。

十八年前的五月，我脱离龙游黄铁矿职校，调入嵊县（现嵊州市）外贸公司。十五年前的五月，又离开濒临倒闭的外贸公司，通过公开考试进了电视台。十年前的五月频繁赴宁波，努力想挤进更大的电视台。六年前的五月，主动卸下"市长随行记者"的担子，与其他九位年轻记者轰轰烈烈筹办民生新闻栏目《帮忙三人行》，力争为群众多做一些实事。2014年的五月，我被借调到市委机关工作，还主编一份内部刊物。

离开民生新闻战线整整三年了，当时我只觉得匆匆一别是寻常事，现在方知无法释怀。每逢忧国忧民之际，我总会想起那些观众要求重播的民生新闻节目，总会想起那些并肩作战的年轻战友，不知道他们现在过得怎么样。

面对欺压百姓、为所欲为的恶势力，小马、小吴、博正、钰雷坚强应对；为了帮助因病致贫、穷困潦倒的求助者，小柯、秋瑾、冬霞、冰洁往往东奔西走要忙碌一整天；采访人手不够用的时候，后期制作洁银和我便一起上。

正是因为有这么一支拉得出、打得响的队伍，不可能的事情才办成了，有关单位多年来的"积案"才化解了。

战友们的汗水没有白流，每周五期，每期平均时长九分多钟，七百多期民生新闻节目收视率一直居高不下，可见我们的节目受到越来越多观众的喜爱。每当锦旗送到办公室，我和小弟小妹们倍感荣耀。与这些年轻战友分开后，我一直在牵挂着他们。

不是所有记者都有可观的收入，有的战友为了省几元钱，挤"田鸡车"或干脆走路去采访，采访回来后吃不起十多元钱的快餐，还要匆匆忙忙赶回家烧饭给年幼的孩子吃；在努力奔走有关部门、呼吁社会爱心人士为身患绝症、重度残疾的求助者送温暖的同时，战友们也多次毅然自掏腰包献爱心。

每当想起这些，心里总会酸酸的。

亲爱的战友，你们用弱小的力量做着伟大的事业，近三年来在为群众排忧解难、送温暖的征途上遇到的坎坷肯定不少，在守护他人安全与利益的同时，记得保护好自己，爱惜自己，请多珍重！

2014 年 5 月

小步慢跑四十年的水上安全员
——记嵊州市港航服务中心屠荣福

哗啦，哗啦，哗啦……

洪水无情地涨起一波又一波，连续拍打着曹娥江上游三界港航管理站应急物资仓库的板房。

7月27日上午，值守在防台防汛一线的屠荣福，咧了咧嘴、皱了皱眉后，紧盯洪水淹没了管理码头、水位标尺几秒钟后，拿出手机，第一时间将警戒水位最新信息报送给嵊州市交通运输局。穿着雨衣和雨鞋的他，迎着狂风暴雨，小步慢跑至附近的嵊州港区中心作业码头查看防汛措施落实情况。

台风"烟花"影响嵊州期间，除了狂风暴雨天气，今年五十九岁的老屠每天早晨都是小步慢跑到单位上班的。27日下午嵊州市解除台风蓝色预警后，次日他又马不停蹄地小步慢跑在中心作业区码头、清风船闸建设工地上，检查指导港航项目复工复产安全生产工作和疫情防控措施落实情况。

老屠说，他小步慢跑的癖好，是四十年前在诸暨港航管理部门参加工作时养成的。那时上班和住宿的地方离海事艇停靠的浦阳江码头有好几公里，为了按时上班和多巡查一些航道，他每个工作日都是急匆匆地在八点半前赶到码头。逐渐体会到了小步慢跑对于工作、对于身体带来的诸多好处，1985年回到老家原嵊县航运管理所上班后，老屠也没将这一习惯丢掉，一坚持就是四十年。

四十年来，老屠每个工作日只专注做一件事情，那就是"当好水上安全员"。工作时间跑得不过瘾的话，晚上八九点钟他就会去城区江边跑几圈补回来。

图 4-3　屠荣福于剡溪江畔绿道小跑

老屠对嵊州剡溪及其支流黄泽江、长乐江、新昌江、澄潭江的水上设施与交通，以及境内几大水库的游船了如指掌，同时他也见证了嵊州水路运输40年来的兴衰。他每个工作日不是在单位记录、整理安全检查台账、接待客货运输船业主、办理船证年检年审，就是在境内江河堤岸、码头渡口"小步慢跑"。

"安全工作无小事，既然选择了这份工作，就要脚踏实地干好，宁愿自己辛苦点，也不能让人的生命受威胁、国家财产受损失。"

四十年间，老屠结交了王娥根、吴月海等同龄船工、摆渡人，他跟这些老朋友一起，多次变小步慢跑为大步奔跑，奋力抢救落水乘客，在极端天气来临之际多次引导乘客到安全地带避险。渡口周边群众纷纷为他们点赞。

一生只想做一名"水上安全员"相当不容易。如果想将它做好，那就更不容易了。老屠经办的水上应急物资每年清点时不曾少一件，他用毕生精力护佑嵊州水上交通人员和财产安全。在老屠和同事们的共同努力下，嵊州水上交通保持了四十年零事故的纪录。

"小步慢跑是我强健筋骨、锻炼意志的运动方式，是我将爱好融入工作的一种理想状态，也是一种绿色出行嘛，不给上下班交通添堵。"

老屠的小步慢跑的确是一种好习惯，于人于己益处多多。

（2021年8月《交通旅游导报》刊载）

喜看稻菽千重浪

——记嵊州市屠家埠村种粮大户屠福成

芒种节气后第二天的夜晚,屠福成晚上8点才结束18亩单季稻水直播任务回家。饭没吃几口,他的手机响了一遍又一遍,是花木田改种水稻的几位村民来电咨询单季稻浸谷子、犁田的技术。屠福成在每通电话中都耐心地给予答复。

图4-4 屠福成(右一)与嵊州农技专家田间对话

屠福成今年 70 岁,头发花白但依然浓密,说话声音洪亮,戴眼镜的他谈吐也慢条斯理,表露出浙江农民合作经济组织联合会(农合联)基层会员、新时代农民的文化气息。精神抖擞的老屠,每天晚上 11 点多才睡,凌晨四五点就起床去田野劳作,从来不午休,下田干活往往一干就是十多个小时。屠福成在成功将俩儿子分别培养成为苏北、苏南优秀干部的同时,也成就了自己四十年志愿服务村民种粮、十年亏本复垦百亩撂荒田的人生传奇。

深受粮农欢迎的科技员兼农机能手

芒种节气后第三天上午,村民屠国连向屠福成求助:"老屠,我前两天弄好的水直播田块,今天是否可以打直播净药水了?"

"好不好打,标准就是一个,看侬的水直播田块里的苗芽是否都已经离开土面,直立起来了。如果还没有,就不能打,直播净药水是起着封面用的,抑制在土面以下的植物生长。"

当天下午,为了早些完成三十亩单季稻耙田任务,屠福成又在三十秒钟内启动了十二匹马力的手摇耕田机,这既要掌握娴熟的技巧,也需要足够的力量。看着风一样的老屠,人们不得不感叹"老当益壮"绝不仅仅是一句口号。

屠福成十四岁初中毕业后在生产小队当了五年科技员,后来又在生产大队当了十年科技员。20 世纪 90 年代初,四十岁左右的屠福成先后购买了手扶拖拉机、大型耙田机、插秧机和收割机，从事农资运输、耙田、水稻插秧和稻谷收割等服务，成了当时浦口镇（现为浦口街道）屈指可数的农机操作能手。

图4-5 屠福成犁田

国家实行农村家庭联产承包责任制以来，屠福成一直热心地向身边村民传授种子催芽、育秧、施肥、除虫等基本知识与技术，带领他们养成每天收听天气预报的习惯，规避自然灾害，注重应用播种、施肥、除虫等种粮新技术，一直是几百位村民新技术应用和田间管理的免费咨询师。

近十年来，屠福成带头应用农业部门推广的"翻耕水田，灌水杀蛹"等新技术，以降低二化螟虫量基数，减少农药用量，或尽量不去使用化肥与农药,而大量使用有机复合肥料(蚕沙等),为屠家埠村一带的两百亩良田成为绍兴老字号、"非遗"传承基地——嵊州市香富制酱调味品厂定点生产基地做出了重要贡献。

十年终结全村近两百亩撂荒田

屠家埠村现有1100多农户、3290多人口,是远近闻名的人口大村和"小笼包"专业村,1000多亩耕地被政府重点工程建设征用后只剩下良田300亩左右。近十年来,部分村民常年赴外地务工、经商后没有劳力复垦自家承包田,花木销售市场萎缩后又导致少数村民花木田荒草萋萋,撂荒现象有增无减。

"望着田块荒了心里就发慌,会连续几天睡不好觉,宁肯钞票不赚也要把粮食种子播下去!"屠福成是这样说的,也是这样做的。

图4-6 屠福成正在水直播

近十年来，屠福成在帮助仅有的几十位村民种植水稻方面不遗余力，先后为谢亚财、屠建忠等村民代购水稻种子，义务为他们培育秧苗、补种水稻。只要发现有一块撂荒的良田，屠福成就会去深入调查并苦口婆心劝说当事人复垦。如果对方真的没有劳力或者不懂种粮技术，他就会劝说对方将良田流转到种粮大户名下。最终，屠福台等大多数没能力复垦的村民出于信任都将自家的撂荒田转给老屠种粮。每年流转到屠福成名下的撂荒良田从几分、几亩到十几亩不等，累计超过189亩，占全村230亩水稻种植面积的八成以上。

屠福成迎难而上包田种粮、守护粮食安全的老黄牛精神，在2021年5月得到了来浦口街道检查《浙江省粮食安全保障条例》执行情况的嵊州市人大常委会领导的赞扬。

老屠去年创办的嵊州市成凤家庭农场2022年上半年被评为嵊州市示范性家庭农场。

被讥讽傻子后依然不改种粮痴心

近几年来，屠家埠村部分村民看不惯起早贪黑在田间耕作的屠福成夫妻俩，时不时在背后说一些闲话，有的甚至指着屠福成老伴背影讥笑她是傻婆，讥讽老屠是个不会赚钞票的大傻子，一天到晚只会像老黄牛一样耕田。

屠福成成为种粮大户十年来，种粮成本一直居高不下，粮价却相对稳定，他每年卖出去的稻谷收入不足30万元，除去田地租金、农机、季节性雇工等成本20多万元，他和老伴的年收入只有5万元左右,如果再扣除他俩人工成本的话,就亏本了。每年做着这种入不敷出的亏本种粮生意,被部分不理解他俩的村民讥讽为傻子傻婆也就不足为奇了。

屠福成在指导少数粮农耙田和水直播诀窍时,对方却躲得远远的,不是在轿车里玩手机,就是坐在田埂上不肯下来学几招,这也让他倍感无奈。愿意静下心来学一学粮食种植技术的年轻村民越来越少,他的百亩农场后继无人,这是让老屠最为苦恼的事。

滴酒不沾的老屠每年冬天都会酿几百斤米酒,只为犒劳陪同自己长期奔波田间地头的妻子和嵊州农合联朋友。近年来,无奈与苦恼的事多了,屠福成又燃起戒了二十多年的香烟,吞云吐雾间,他最清楚亏本坚持种粮的得与失、苦与乐!

当了56年农民的屠福成最近在农场西侧新建马路的边角地带又垦荒两亩多,种上了玉米、番薯。他看不得一块地荒着,就像眼睛里容不下一粒沙子。

"伢一辈子离不开田地,即使老伴身体吃不消,伢一个人也要看管好这些好田块,让田里春夏绿油油、秋季黄灿灿。"

屠福成和老伴五年前开始享受失地农民养老保险待遇,全家生活无忧,他却还要过着这种每天耕作10多个小时的苦日子,真是痴心不改!

(2022年6月《"最美中国"当代诗歌散文精品集》刊载)

芳华献给大交通

——记嵊州市公路与运输管理中心张铧

张铧在2015年考入嵊州市公路与运输管理中心（原嵊州市公路管理局）之前，也曾迷茫了四个年头。他2010年夏天从北京城市学院土木工程系毕业，回家考研两年未成功后，先后在上海、宁波两家企业做商业企划工作。因为学非所用，努力付出并未得到相应回报，在大城市闯荡了两年之后他决定利用自己专长回家乡参与交通事业建设。

2015年进入交通工程线工作没多久，张铧凭借真诚待人、工作热情和踏实作风，以及擅长绘画、打篮球，得到了领导和同事们的一致欣赏，几乎年年被推选为先进工作者，进单位工作第五年便被提拔为公路养护科副科长。

"你太过分了，整天见不到人，宝宝一天到晚哭着喊着要找爸爸。"2020年，张铧被抽调至527国道嵊州段工程建设指挥部后几乎每天起早贪黑地忙碌。同在交通系统工作的妻子难免抱怨几句，但每次得到的回应总是，"嘿嘿，没办法，万事开头难，年纪轻得多干活。"

嵊州市近几年来全面实施"建设大交通，促进大发展"战略，"十四五"期间投资逾百亿元的高等级公路、铁路、港区码头和船闸等多个省级重点工程，有的已经建成投用，有的还在积极推进之中,嵊州综合交通与省级"四港联动"枢纽节点城市建设可谓高潮迭起。

图 4-7　张铧(右一)检查一标段石璜江大桥梁板架设

"在这样一个千年等一回的历史性时刻,在家乡热土上为大交通建设多做一些事情,哪怕再苦再累也值得,也倍感荣幸。"当少数亲友劝说张铧多照顾家人,并说单位的事多做少做反正收入一个样时,他是这样为自己辩解的。

图 4-8　张铧(右)检查一标段箱梁外观质量

527国道嵊州段二期工程前两年受到疫情防控和施工力量不足的影响，工程进度长期滞后于计划进度，指挥部一班人虽然拧紧了工作"发条"，但还是被上级多次通报批评。

2022年以来，上级政府主管部门来督查工程质量、安全与进度的次数同比明显增多，张铧跟指挥部同事跑十五公里之外的工地更勤了，几乎没有度过一个完整的休息日。

2022年4月中旬，张铧和几位同事发现工程一标段梁板场预制的梁板外观出现了气泡较多的现象，在与监理办、项目部一起多次反复分析混凝土配合比、砂石料、减水剂，以及施工工艺之后，找出了症结所在并及时予以纠正，最终在四月底恢复梁板外观质量。

张铧近年来努力补齐工程施工经验和质量监督管理经验不足这两大短板，每次去工地巡查都会联系相关专业监理工程师一同前往，现场虚心请教有关施工工艺、工序以及施工质量等专业知识。2022年以来，在日常检查和配合监理办聘用第三方开展18次施工质量安全专项检查中，张铧对检查中发现的质量与安全问题敢于动真碰硬，配合质监执法人员责令施工方返工处理质量问题15点次、处罚12次。

截至9月30日，在指挥部、监理办和施工单位的共同努力下，527国道的嵊州段二期累计完成形象进度55.2%，完成年度有效投资5.19亿元，均提前超额完成了市政府下达的年度投资计划。

"今年，我们指挥部不但没有被上级通报批评，还获得了一次书面表彰和上级领导多次口头表扬。党的二十大报告提出了'加快建设交通强国'这一工作目标，交通人特别是像张铧这样的理工科青年理应为加快建设交通强国、交通强市多做贡献，我们将继续鼓励更多年轻交通人在平凡的岗位上创业创新。"嵊州市公路与运输管理中心主任兼527国道嵊州段工程建设指挥部负责人朱江说起张铧就眉开眼笑，说他是做事勤快、人缘好的多面手，不仅赴工地现场看管、检查次数最多，而且经常给同事拍摄工作照片和记录日常工作，其工程专业绘图也是最标准、最美观的。

"这辈子注定离不开交通工程，为大交通建设多做些事情，是我七前年回家乡工作的初心，今后还得坚定地走下去。"二十大胜利闭幕的当天下午，张铧在工地上铿锵有力地告诉笔者。他那炯炯有神的眼光穿透厚厚的镜片，投向雏形初现的527国道嵊州段二期工程尽头，那是规划中527国道嵊州段向西延伸至东阳市的方向。

（2022年10月《2022年度全国文学精品选》刊载）

"浙东唐诗之路"浮雕铜壁画诞生记

冬至前后的江南,阴晴不定。十五位铜雕技工,在完成一块块紫铜浮雕的拼装焊接后,又一锤一锤地在百米长的浮雕背面反复捶打,并对正面部分地方进行錾刻、打磨和补漆,每天连续工作十多个小时,只为展现诗路沿线,特别是嵊州、新昌的历史底蕴和地域文化特色。2021年12月25日,经过15天紧张的雕琢与安装,浙东唐诗之路文化墙(铜雕壁画)完成施工,以华贵的身姿亮相于杭台高铁嵊州新昌站旅客进站通道。

图 4-9 "浙东唐诗之路"浮雕铜壁画

这一鸿篇巨制凝聚着众多策划、设计制作和安装者的心血，业内人士认为，它至少创造了五个国内第一：长 108 米，高 3 米，规模第一；用铜雕全景展示浙东唐诗之路，形式首创；汇聚了权威的浙东唐诗之路最新研究成果，内容第一；首创性提炼浙东唐诗之路主线二十四景，堪比西湖十景；著名铜雕大师、书法家、工艺美术大师和地域文化植入专家联袂打造，壁画艺术水准第一。

一路风光一路诗

一千多年前，"诗仙"李白、"诗圣"杜甫等一大批诗人在剡中（今嵊州、新昌）留下了"天姥连天向天横，势拔五岳掩赤城""剡溪蕴秀异，欲罢不能忘"等千古绝唱，不仅成为嵊新两地宝贵的文化财富，也成就了如今的浙东唐诗之路。而长达 267 公里的杭台高铁，其线路与浙东唐诗之路高度一致，所以这条高铁也被业界称为"诗路高铁"。

嵊州新昌站是全国首个以嵊州、新昌两座城市联合命名的铁路车站。嵊州市、新昌县、杭绍台铁路有限公司为了贯彻落实中央有关高铁精品客站建设要求和省委省政府有关建设诗路浙江的要求，立志将嵊州新昌站房打造成精品工程、地域文化植入示范工程。2021 年 6 月上旬，三方协调会议决定共建"浙东唐诗之路文化墙"，会上成立的嵊新地域文化植入专家组一忙就是大半年，从浮雕铜壁画尺寸、材质，到山水、人物和文化遗存表现形式的探讨，再到与剡溪文化有关的 1000 多首唐朝优秀诗篇的甄选，无一不倾注着各位专家的心血。

2021年7月下旬，凝结着嵊新两地文化专家心血的《杭台高铁嵊州新昌站文化植入建议方案》送呈两地政府审定。为了使浮雕铜壁画"看起来像一条以诗为魂的圆梦之路"，力求最大程度地还原王羲之、戴逵、谢灵运、李白、杜甫等人在大众心目中的形象，早日促成这一嵊新文化融合首个大项目成为精品站房的风景线、诗路高铁的新地标。分别担任嵊州、新昌地域文化植入专家组组长的楼向前、徐跃龙半年多来查阅了多种版本的典籍方志，征集到了30多条专家建议，向两地政府提出了推进壁画建设的10多条建议。2021年10月13日该工程招标项目开标后，他俩又带领两地专家组向中标单位陆续提出了有关优化壁画设计制作的30多条书面建议，设计图十易其稿。

国家级铜雕艺术大师朱炳仁也常常为设计图如何更好地体现诗路二十四景而放弃坚持多年的午休习惯，后期还到生产一线指导匠人捶打、錾刻铜浮雕，以勾勒出高低起伏的"走线"和人物个性特点、山水形态肌理、建筑风貌特色。

2021年10月中旬至11月底，对方案进行了多次商议，最终于11月底敲定壁画设计优化方案。壁画以反映唐代诗人留下的山水人文之路，主要展现的诗路二十四景第一单元萧山、诸暨、柯桥、越城至上虞为11景浓缩版，第二单元嵊州新昌为10景完整版，第三单元天台至临海为3景简约版。此外，"浙东唐诗之路"又是一座融合儒学、佛道、诗歌、书法、茶道、陶艺、民俗、方言、传说等内容的文化宝库。

匠心之志筑传世之作

"我们作为业主代表，正在做的是载入史册的大活计。既要集合多部门和专家组的意见，确保磋商文件、文化植入方案与设计图最优，打磨出精品壁画，也要严格按照合同办事，紧盯每个节点，守住廉洁底线，精打细算用好每一个铜板。"

从壁画主题拟定、材质选择、文化植入意见征求和文本审核，到出资单位落实、招标代理和政府采购方式选择，再到磋商文件修改完善、设计方案优化、收集各方意见、协调相关方诉求、推动壁画设计制作和安装进度，总有交通运输系统干部和专业人士忙碌的身影，旨在共同促进"壁画重点再现李白'自爱名山入剡中'和王子猷'乘兴而来，兴尽而返'的意境。"设计理念转化为看得见、摸得着的文创作品。

在全国首条民营资本控股的高铁上打磨出传世作品，也是杭绍台铁路公司副总经理许明来、工艺美术大师宓风光、新昌美协主席何国门等人的共同心愿。

"今天是中秋节假期第三天，再次把大家请来开个协调会，实在是有点不好意思了。但有几件事情放不下心来，所以我还是从杭州赶过来，与大家一起来讨论一下。"

2021年9月21日下午3点，忙碌于协调杭台高铁主线和站房建设、沿线政策处理扫尾等工作的许明来，急匆匆走进嵊州铁办会议室，顾不上喝一口茶，就一股脑儿罗列了制订政府采购文件过程中一些悬而未决的问题。

图 4-10　宓风光等专家修改铜雕壁画泥稿

在嵊新盆地长大的许明来,故乡情结和人文情怀颇深。作为放弃商业广告营销、利用高铁挡墙打造诗路壁画的首倡者,许明来不遗余力地推动项目落地的坚毅,破解问题时的豁达,协调各方利益时的远见,令人折服。敢为人先、自强不息的剡溪文化基因,早已深植这位头发略见稀疏、一脸干练的七尺男儿的血脉当中。

2021年11月底,设计稿中的人物和山水图案进入泥稿定模的时候,须发略见花白的宓风光担心泥模走样,便与嵊新三位文化专家一起赶到金星铜工程公司临平厂区,仔细打量着每一寸即将定型的泥模,稍有一点儿不满意的地方,他就撸起袖子,亲自拿起刮刀,以艺术家的眼光和雕塑家的手法,一干就是大半天。

图 4-11　朱炳仁大师校对铜雕壁画半成品

2021 年 12 月上旬,童剑超、郑兴国等嵊州文化专家在唐诗元素、剡溪文化的体现和壁画主要人物着装、神态的刻画等方面对金星铜工程公司设计制作团队提出了一些新要求。

2021 年 12 月 22 日上午,何国门与新昌两位文化专家也到达壁画安装现场,观摩指导壁画细节微调工作,尤其是对部分景点名称印章篆刻不够规范等问题当场提出了解决方案。

第四辑　身边故事点滴汇

再现耀眼唐诗世界

"该壁画名人诗人亮眼，山河也锦绣，剡溪横穿始终，又有会稽山、四明山、天台山等，可谓大气磅礴。壁画周边如果再弄些文化氛围的话就更好了。"嵊州市铁路项目工程建设指挥部副指挥邢东铭在壁画制作阶段提出的这一想法，与许明来等文化专家提出的壁画前一排九根柱子上镌刻唐诗的想法不谋而合。邢东铭面对站房设计、施工单位不支持实施有关唐诗包柱、雨棚延伸、吊顶（照明灯光）安装等既定壁画配套工程时，据理力争，多次交涉，最终三方达成合作共识。

图 4-12　嵊新两地文艺专家参观铜雕壁画后合影

壁画前九根镌刻着唐诗的紫铜包柱、壁画照明射灯安置等配套工程于 2021 年 12 月 21 日完工。25 日，铜雕壁画施工安装全部完工。31日，壁画前第二排白色柱子漆上紫铜色，雨棚与候车大厅之间近500平方米露天水泥地面绿化美化工程同步完成。一个内外烘托、众星拱月的文化艺术空间由此完全亮相嵊州新昌站。

"我们的团队之所以能高质量打造出这个传世作品，与嵊新两地政府和杭绍台铁路公司的全力支持是分不开的，两地文化艺术专家全过程参与的无私奉献精神让我感动，也得益于两地万年历史人文精粹与深厚的诗路文化底蕴，我们深深陶醉其中，创作起来取之不尽、用之不竭。"2021年12月30日上午，朱炳仁从杭州来嵊新高铁站巡视自己的作品时感慨良多。

百米铜雕壁画，大气磅礴，盛装喜迎天下客，也开启了一条以诗为魂的圆梦之路，期待您迷恋"此行不为鲈鱼脍，自爱名山入剡中""剡溪蕴秀异，欲罢不能忘"的盛世美景。

（2022年1月《今日嵊州》刊载）

第四辑 身边故事点滴汇

工程背后的较量

邹均今年夏天又瘦了一圈，脸庞与手臂又晒黑了不少。

顶着烈日在山禾县新大街工地上暴晒一百多天，天天盯着施工方赶进度、抓质量，这种身体劳累最终会过去，但精神上的疲惫很难恢复。

"邹指挥，不好意思啦，大热天我们施工队不是这个家里有事情，就是那个生病请假，这个月的填土工程量完不成，还得靠你关照一点嘛，不要再罚款什么的了。"

"邹指挥，上个月咋这么凶？就差一千方的路基浇筑，我们十万元又没了，一百多号人一年忙到头还有什么利润啊，太不给面子了，还要不要我们活了？"

每当包工头李晓打来电话或者在工地上碰头，不是细声软语求情，就是大声抱怨诉苦，邹均都会耐心地给他讲道理。这种苦口婆心地做思想工作，他已经习以为常了。怕就怕，李晓拎着一个皮包冲到家里或者办公室，临走前硬是丢下一沓购物券或购物卡什么的，说是慰劳一下省重点工程新大街建设指挥部经常加班加点的哥们儿。

每次面对这些"好处费"，邹均都要花好几天时间去工地找李晓退还，有时还得大晚上特意找到他家去，好不容易找到他的时候还不能发脾气，只能多说一些好话多讲几遍中央八项

195

规定的内容给他听,甚至拿出跟上级党组织签订的《廉洁从政承诺书》给他看。

"李老板,真的没办法,谢谢你一番好意了。我不能违规收取什么好处,收了我就要丢饭碗了,也会把同事们害惨的。纪检部门把我们吃公家饭的人看得死死的,签一份合同、一张发票都要有清单,都要随时备查的。"

经过多番较量,李老板渐渐地有些心灰意冷了,遇到工程出问题也不再硬塞购物券什么的。

快人快语的邹均也取得了阶段性工作成效。长达5.6公里的新大街建设项目是2020年12月动工建设的,指挥部2019年因对项目部督查不力、施工进度滞后而被山禾县政府办公室通报批评三次。2020年剧情反转,指挥部凭借项目施工形象进度明显快于计划进度还被通报表扬了一次。

2020年的国庆节大家都回家休息了好几天,可邹均一天都没休息,县里下达了工程建设"百日攻坚"任务,时间紧、任务重,施工老板垫付的资金又短缺,不逼自己一把抓进度、抓质量,施工方、监理方是不会那么上心的。

"小卢、小应,你们千万要记住,管住自己的手与嘴,不去沾老板一点好处的话,我们管起来才会有底气、硬气。他们违约了就该受处罚,他们心疼钱了才会用心做工程,否则,软趴趴管理导致的豆腐渣工程、半拉子工程对不起自己的良心,更对不起父老乡亲。"国庆当天中午,邹均在指挥部办公室对几位同事再三叮嘱。

朋友给邹均点赞，说多亏了他身子立得正，敢于做一个无欲则刚的"硬头颈"干部。

2022年10月

大医秦雄

"啊，上次跟你说明白的，叫你拍一张胸片就可以的了，怎么又去做了 CT！CT 片子哪里看得来？术后三个月肺部还是一片狼藉的。怎么不听我的话呢？你的身体又遭受不必要的伤害！"上海市肺科医院秦雄医生2018年国庆节前后给木子诊断，手术期间留下的美好印象似乎一下子崩塌了，术后三个月复查时粗声重气地训斥了他。

"我昨天下午去门诊让一位医生开检查单子时是说了你让我拍一张胸片的，可她给我开了 CT 检查单子。"木子怯怯地辩解。

"你不会退回单子重开？她弄错了，得改嘛。"

木子哑口无言，为自己懦弱的性格而悔恨。

木子被秦雄骂清醒后，觉得自己真的遇上了菩萨心肠、医术精湛的好医生，心中对秦医生更多了几分敬重。

2018 年中秋与国庆才相隔几天，那年 9 月底，木子在网上挂了秦雄医生的号后就前往上海就诊。

那天是个好日子，上海蔚蓝的天空中飘荡着几片形状奇特的白云，天气不冷不热，街上行人也没有步履匆匆，上海市肺科医院人流虽多，但医患关系很和谐。

"你的这两颗小结节似乎有些问题,原位癌的概率较大。对于此类萌芽状态的症状,要近期手术切除还是再等半年看看,你自己决定哦。"剃着平头、戴着眼镜的秦雄脸庞饱满、眉宇开阔,认真地看了木子的肺部CT结果,一脸和蔼地问了好几个问题后做出了初步诊断,还笑嘻嘻地宽慰木子。

了解到木子情绪还有些紧张,对于再观察半年的建议还存在顾虑后,秦医生就爽快地答应了木子想过几天就动手术的要求,当场通知助理预安排手术时间。

木子心想,这怎么跟别人说的不一样。来上海前一位亲戚提醒他:"大城市大医院动手术至少得提前一个月预约,想手术完全成功的话还得准备两个红包分别送给主刀医生与麻醉医生。"跟前来就诊过的一位朋友及其介绍的"黄牛"说法也有明显差别。

国庆节过后第二天,木子接到秦雄助理的通知后迅速赴上海住院接受相关检查,检查过关后在约定日子排队接受手术。因秦医生当天有好几个手术,傍晚时分才轮到木子。

"哈哈,你不必紧张,听麻醉医生的话,一会儿就会睡着的,等你醒来我的手术也做完了。"秦医生边穿戴蓝色手术衣帽边安慰麻醉台上的木子。在友好氛围之下,木子彻底放心了。

两个多小时的手术进行得相当顺利,木子苏醒后不久,秦雄和助理让木子看了他肺部病灶的一小块活体,说他真幸运,刚刚有点转色的病灶一发现就给切除了,事后的病理报告也证明了秦雄有关木子右肺部患有原位癌的临床初诊是正确的。

"咳，咳了还要咳，要多次反复咳嗽，要用力，不要停下来。脑子要清爽，你这么怕疼以后会吃苦头的，手术积液排不出来的话，你可能会有后遗症。"术后第二天下午秦医生在查房时看到木子右腰部插管中流出的积液太少，助理医生扶着他咳嗽时还是怕疼不够用力后，就一个箭步冲过来抓住木子并在他后背连续拍打，语气严厉地给他下死命令。可木子总是害怕那种使劲咳嗽时上半身剧烈疼痛的感觉，在医护人员走后还是对自己不够狠，手术积液排泄不畅。

出院之前，秦雄特意交代陪木子就医的凤姐、辰妹，三个月、半年各一次复查，还得接受连续三年每年一次的检查。秦医生还解释说，近几年来上海看病的人明显增多，所以医院超负荷运转，手术病人的床位周转很快，对于木子术后三天就被迫出院表示歉意。

"秦医生，我平时爱运动爱喝酒，之后几年恢复这类爱好应该没问题的吧。"

"保持适当运动，不要激烈运动。喝点红酒可以的，有助于身体康复。"半年复查时，秦医生耐心地回答木子的提问，还说喝点红酒可以缓解身体疲劳。

木子术后坚持适当锻炼，身体恢复得较好，顺利通过了半年、一年的复查。自我感觉良好的他，想想反正单位每年会安排体检的，就不去上海反复检查了。如果让秦医生知道，大概又要骂他一通。木子越是如此想，也就越不敢去上海再见他了。

最近，木子在浏览公益网站时发现秦医生还是一位医疗知识科普公益达人，参加工作20多年来一直坚持开展线上科普志愿服务活动。

秦雄2009年10月初在上海长征医院工作时就在"好大夫在线"开通了个人科普号，2020年在上海市肺科医院工作时又成为"精准健康科普平台"签约医生。秦雄在线上科普时充分发挥了自己在胸腔镜手术治疗早期肺癌、食管癌、贲门癌、纵隔及胸壁肿瘤、肺大疱、血气胸和手汗症等方面的专长，及时回复了成百上千患者相关病症科学治疗的线上咨询。

"我看病遵循的是我的职业操守，而不是你的意愿。我会根据我的专业判断，告诉你是需要手术，还是继续观察。我只会根据病情直言不讳，不会投你所好，也不会根据你的要求来改变我的初衷……不该开的刀我绝对不开，可开可不开刀，我也必劝病人千万不要急着开，一切把病人的利益放在第一位，这就是我做医生的基本原则。"

秦雄2021年3月20日开始在自己的科普号上传了近60期"肺癌"科普系列宣传片，他在开篇《我是谁？？？》视频中开宗明义，说出了他执业行医和做公益的初衷。随后刊出的《磨玻璃影和小结节一定是肺癌吗》《为什么身边患肺癌的人越来越多，是因为空气污染吗？》等视频宣传片，秦雄分析和解答了患者普遍关心的一些临床问题。

"好大夫在线"秦雄医生科普号粉丝早已突破千人，阅读量超过 11 万次，患者或患者亲属咨询后均对他给予好评。广大患者正在为秦雄树起一座丰碑。

木子赴上海就诊的那五次都是空手去空手归，他相信被秦雄公而忘私、笑脸接诊感动的国内外患者还有许多。秦雄执着于医疗事业，是医之仁者、医之大者，鼓励患者保持乐观向上的心态，也为健康中国、幸福中国建设注入源源不断的正能量。

2022 年 9 月